T0348692

El volumen
del tiempo
I

Solvej Balle

El volumen
del tiempo
I

Traducción de Victoria Alonso

EDITORIAL ANAGRAMA
BARCELONA

Título de la edición original:
Om Udregning af Rumfang I
Pelagraf
Marstal, 2020

Publicado con la ayuda de

Danish Arts
Foundation

Ilustración: © lookatcia

Primera edición: noviembre 2024

Diseño de la colección: Julio Vivas y Estudio A

© De la traducción, Victoria Alonso, 2024

© Solvej Balle, 2020
   Publicada por acuerdo con Copenhaguen Literary Agency ApS, Copenhague
   y Casanovas & Lynch Agencia Literaria, S. L.
   info@casanovaslynch.com

© EDITORIAL ANAGRAMA, S. A. U., 2024
   Pau Claris, 172
   08037 Barcelona

ISBN: 978-84-339-2746-0
Depósito legal: B. 12504-2024

Printed in Spain

Liberdúplex, S. L. U., ctra. BV 2249, km 7,4 - Polígono Torrentfondo
08791 Sant Llorenç d'Hortons

121

Hay alguien en la casa. Percibo sus movimientos por la habitación de arriba. Oigo cómo se levanta de la cama, baja las escaleras, entra en la cocina... El zumbido de las tuberías mientras llena un hervidor de agua, el sonido metálico al ponerlo sobre el quemador y un chasquido apenas audible del encendedor al prender el fuego. Después se produce un silencio hasta que el agua alcanza su punto de ebullición. Entonces oigo el crujir de hojas de té y papel cuando saca del envoltorio una cucharada y después otra y las echa en la tetera, así como el sonido al verter el agua sobre las hojas de té, ruidos que provienen sin duda de la cocina. Sé que abre el frigorífico porque oigo el choque de la puerta contra la encimera. De nuevo se produce un silencio mientras deja que el té repose, y al poco tiempo me llega el tintineo de una taza y su plato al sacarlos del armario. No puedo oírlo verter el té en la taza, pero sí los pasos que van de la cocina al salón cuando atraviesa la casa con la taza en la mano. Se llama Thomas Selter. La vivienda es una casa de piedra de dos plantas y se halla en las afueras de Clairon-sous-Bois, población del norte de Francia. Nadie entra en la habitación del fondo, que da al jardín y a una leñera.

Es dieciocho de noviembre. Ya me he hecho a la idea. Me he habituado a los sonidos, a la luz grisácea de la mañana y a la lluvia que enseguida comenzará a caer en el jardín. Me he habituado al ruido de pasos por la casa, al abrir y cerrar de puertas. Oigo a Thomas salir del salón para ir a la cocina, dejar la taza en la encimera, y no transcurre mucho tiempo antes de que lo oiga en la entrada. Oigo que descuelga su abrigo del perchero, oigo que se le cae el paraguas al suelo y que luego lo recoge.

La casa queda en silencio una vez que Thomas se marcha bajo la lluvia de noviembre. Entonces, únicamente hay los ruidos que hago yo y el débil sonido de la lluvia fuera. La punta del lápiz deslizándose por el papel o la silla contra el suelo cuando la desplazo hacia atrás para levantarme de la mesa. Mis pasos que resuenan sobre el piso y un levísimo chirrido del picaporte al abrir la puerta que da al pasillo.

Durante la ausencia de Thomas suelo andar por la casa. Voy al aseo y a por agua a la cocina, aunque enseguida regreso a la habitación. Cierro la puerta y me siento en la cama o en la silla del rincón, de modo que no puedan verme desde el sendero del jardín en caso de que miren hacia el interior.

Cuando Thomas retorna con dos finas bolsas de plástico, los sonidos vuelven a arreciar. La llave abriendo la puerta, los zapatos que se restriegan en el felpudo. El crujir de las bolsas al poner la compra en el suelo. El paraguas plegado que él deja en la silla de la entrada y, un instante después, el roce del abrigo al colgarlo en el perchero de la pared junto a la puerta. Oigo de manera reiterada el crujido del plástico de las bolsas cuando las pone sobre la mesa de la cocina y empieza a colocar en su sitio los artículos que ha comprado. Guarda queso en el frigorífico, dos latas de tomate dentro de un armario, y deja una tableta de chocolate sobre la encimera. Una vez vacías, enrolla las bolsas y las mete en el armario bajo el fregadero, donde, después de cerrar la puerta, continúan crujiendo.

Durante la jornada lo oigo en el despacho del piso de arriba. Oigo la silla de escritorio desplazarse por el suelo, la impresora imprimiendo cartas y etiquetas. Pasos que resuenan en los peldaños de las escaleras y el amortiguado golpe sobre las tablas de madera cuando Thomas deja los paquetes y cartas en el suelo de la entrada. Lo oigo en la cocina y el salón. Percibo el roce de una mano o una manga contra la pared cuando sube las escaleras de nuevo. Oigo que está en el baño, y un sonido en la taza del inodoro que solo puede proceder de alguien que orina de pie.

Poco después vuelvo a sentirlo en las escaleras y la entrada, enseguida pasa al salón y se sienta en un sillón junto a la ventana desde la que se ve el camino. Mientras espera pasa el tiempo leyendo o contemplando la lluvia de noviembre.

Es a mí a quien espera. Me llamo Tara Selter. Estoy sentada en la habitación del fondo que da al jardín y a una leñera. Es dieciocho de noviembre. Cada noche, cuando me acuesto en la cama supletoria de la habitación, es dieciocho de noviembre, y cada mañana, cuando me despierto, es dieciocho de noviembre. He perdido la esperanza de despertarme el diecinueve de noviembre, y tampoco recuerdo el diecisiete de noviembre, que fue ayer.

Abro la ventana para echar algo de pan a los pájaros que dentro de un instante se reunirán en el jardín. Acuden durante la pausa que hace la lluvia. Primero llegan los mirlos, que se dedican a picotear las últimas manzanas que quedan en el árbol y el pan que he lanzado por la ventana. Al rato aparece un petirrojo solitario. Un instante después pasa por allí un mito, a continuación llegan también unos carboneros, que los mirlos echan de allí enseguida. No tarda en llover de nuevo. Los mirlos siguen comiendo un poco más, pero, en cuanto la lluvia arrecia, salen volando para refugiarse entre los arbustos del seto.

Thomas ha encendido la chimenea del salón. Ha ido al cobertizo del jardín a por leña y pronto notaré más calor en la casa. Después de hacer ruido en la entrada y el salón, Thomas se ha sentado a leer, de modo que ahora únicamente oigo mi lápiz sobre el papel, un susurro que en breve desaparecerá con el sonido de la lluvia.

Llevo la cuenta de los días y, si no me he equivocado, hoy es dieciocho de noviembre # 121. Sigo el ritmo que marcan los días. Me adapto a los sonidos de la casa. Cuando todo está en silencio permanezco quieta. Me tumbo a descansar en la cama o leo un libro, pero no hago ningún ruido. Bueno, casi ninguno. Respiro. Me levanto y camino con sigilo por la habitación. Son los sonidos los que hacen que me mueva. Me siento en la cama o saco con cuidado la silla de debajo de la mesa que hay junto a la ventana.

Por la tarde, Thomas escucha música en el salón. Primero lo oigo en el pasillo y la cocina, capto el ruido del hervidor de agua cuando lo coloca sobre el quemador de gas, y sus pasos retumbando en el suelo mientras regresa al salón para poner música. Entonces sé que no falta mucho para que el cielo se abra, las nubes se dispersen y aparezcan algunos rayos de sol.

Acostumbro a prepararme para salir en cuanto comienza la música. Me levanto, me pongo el abrigo y las botas. Espero junto a la puerta. Poco después, la música empieza a sonar a un volumen tan alto que puedo abandonar la casa sin que se oigan los ruidos que provocan la apertura de puertas, los pasos por el suelo o el cierre de las puertas, porque todo lo tapan las notas que vienen del salón.

Abandono la casa por la puerta que da al jardín. Me cuelgo el bolso del hombro, abro con cuidado la puerta de la habitación, salgo a la entrada y vuelvo a cerrar la puerta tras de mí. En el suelo hay tres sobres de tamaño mediano y cuatro paquetes de cartón marrón que llevan nuestro nombre: T. & T. Selter. Somos nosotros. Nos dedicamos al comercio de libros antiguos, especialmente obras ilustradas del siglo XVIII. Los adquirimos en subastas, de colecciones privadas o de otros libreros, y nosotros los volvemos a vender, enviándolos en paquetes marrones con nuestro nombre. Sin hacer ruido, paso junto a los envoltorios del suelo, abro la puerta y salgo. No necesito paraguas. En ese momento todavía llueve un poco, pero no pasará mucho tiempo antes de que la lluvia haya parado por completo. En lugar de seguir el sendero del jardín que conduce al exterior a través de la verja, me voy hacia la iz-

11

quierda bordeando la casa, dejo atrás el cobertizo y continúo hasta un rincón del jardín que no es visible desde dentro. Tras pasar un bancal con puerros y dos hileras de acelgas, llego a una abertura en el seto y salgo al camino. Miro hacia atrás un instante. Veo algo de humo revoloteando sobre la chimenea. Aunque apenas percibo la música, me apresuro a alejarme de allí y, después de caminar unos pasos, ya no la oigo, ni tampoco la lluvia, porque ha parado de llover y he dejado la música atrás. Lo único que oigo son mis pasos sobre la acera, el sonido de algún que otro coche y las lejanas voces infantiles que llegan de una escuela situada varias calles más allá.

Poco después, cuando Thomas se da cuenta de que la lluvia ha parado, apaga la música. Se pone el abrigo y recoge el montón de paquetes y sobres del suelo. A las 15.24 sale de casa llevándose los paquetes y las cartas. T. & T. Selter. Somos nosotros. Pero el tiempo se ha interpuesto entre ambos. Transitamos por las pequeñas vías que llevan al pueblo y que tomaremos de nuevo de vuelta a casa. Los dos andamos ahí fuera aprovechando que ha dejado de llover, pero no seguimos los mismos caminos. Él no espera toparse conmigo, y no lo hará. Conozco otra ruta y, para cuando él regrese a casa, yo ya me hallaré de nuevo en la habitación de invitados que da al jardín.

Si necesito alguna cosa, la compro en el pequeño supermercado a unas pocas calles de distancia. Me tomo mi tiempo y suelo volver a casa dando un rodeo. Abro la verja, sigo el sendero del jardín que lleva hasta la puerta trasera y entro a casa por ella. En el interior, todo es silencio. Thomas no está y ya no llueve. Va camino del pueblo. Después de que haya enviado los paquetes, el sol aparecerá entre las nubes. Él se internará en el bosque, bajará hasta el río y no regresará antes del final de la tarde, cuando empiece a llover de nuevo, porque no hay nadie que lo esté esperando en casa ni nada que urja.

Al llegar acostumbro a meter la compra en la habitación. Cuelgo mi abrigo de la silla, me quito las botas y voy a la cocina. Hay una taza junto al fregadero. El hervidor de agua que está sobre el quemador guarda aún algo de calor. Puedo seguir el rastro de Thomas a través de la casa. Subo las escaleras y entro en el despacho. Veo pilas de libros y montones de papel esparcidos por la mesa. También hay libros en las estanterías y dentro de cajas en el suelo. Una de las cajas está abierta; Thomas ha buscado algo en ella y no la ha cerrado después. En el dormitorio, contiguo al despacho, parece como si alguien acabara de levantarse, pero solo se ha utilizado un lado de la cama.

Dispongo de una hora y media antes de que Thomas vuelva a casa. Tengo tiempo de bañarme y lavar algo de ropa en el lavabo, o elegir un libro de la estantería y sentarme en uno de los sillones junto a la ventana.

Si paso tiempo en el salón, suelo escuchar música o leer hasta que empieza a oscurecer, pero hoy me he quedado en la habitación que da al jardín y a una leñera. Tras oír que Thomas descolgaba su abrigo del perchero y se marchaba, he abierto la puerta que da a la entrada. Los paquetes del suelo habían desaparecido. Después me he sentado a la mesa que está bajo la ventana. Es dieciocho de noviembre. Empiezo a hacerme a la idea.

El diecisiete de noviembre por la mañana temprano me despedí de Thomas en la puerta de entrada. Eran las ocho menos cuarto, el taxi esperaba delante de la casa. Tomé un tren que salía de Clairon-sous-Bois a las 8.17. Me dirigía a Burdeos para asistir a la subasta anual de obras ilustradas del siglo XVIII. El cielo era gris y flotaba humedad en el aire, pero no llovía.

De la estación de Clairon fui a Lille-Flandres, cambié a Lille-Europe y seguí viaje hasta París, donde hice transbordo a un tren que iba a Burdeos. Llegué a la estación de Burdeos poco antes de las dos y, tras un momento de confusión como consecuencia de las obras que había delante de la estación, con sus barreras, carteles y pasos cerrados, logré hallar el camino que llevaba al centro de exposiciones en el que iba a celebrarse la subasta y en el que me encontraba pocos minutos después. Me registré y me entregaron un programa y una tarjeta identificativa donde ponía: 7ÈME SALON LUMIÈRES, mi nombre a continuación y, debajo, el nombre de la empresa: T. & T. SELTER.

Llegué mucho antes de la hora prevista para la subasta principal de libros ilustrados, que debía dar comienzo a las tres. Ya habían tenido lugar otro par de subastas, y en el programa leí que este año, además, había conferencias y paneles de discusión, pero eso no entraba en mis planes.

Por un momento dudé y estuve a punto de volver a desorientarme al verme en ese ambiente propio de los lugares de conferencias, en medio de puertas cerradas y vasos de café abandonados, hasta que descubrí los carteles y flechas que indicaban la sala de subastas y el salón de anticuarios contiguo donde se hallaban, como era habitual, numerosos libreros en sus stands de libros antiguos e ilustraciones científicas. Yo tenía una idea bastante clara de las obras por las que iba a pujar en la subasta y, una vez que hube ojeado las más relevantes, me di una vuelta por el salón de anticuarios. Saludé a varios libreros a los que ya conocía y, poco antes de las tres, tomé asiento en la sala de subastas, que enseguida se llenó de gente que afluía procedente de las conferencias.

Logré adquirir doce obras en la subasta. Cinco de ellas eran libros por los que ya nos habían preguntado antes, y las otras siete las compré pensando que podríamos venderlas por un importe razonable. Los precios de las obras con las que comerciamos se encuentran normalmente en un rango medio, y nuestros compradores son una variada multitud de coleccionistas, la mayoría de ellos europeos, aunque también contamos con algunos clientes en otras partes del mundo. Por lo general, suelo ser yo la que acude a las subastas y visita los anticuarios, mientras que Thomas se ocupa del registro y el envío de los libros. Cuando comenzamos en el negocio, ambos desempeñábamos las tareas indistintamente, pero con el tiempo hemos acabado por repartirlas. ¿Y por qué razón soy yo la que viaja? No lo sé con certeza. Puede que sea porque no me importa hacerlo, pero quizá también porque rápidamente desarrollé una especie de sexto sentido en lo que se refiere a los libros: un cierto ojo para el papel, para la calidad de la impresión o la factura del encuadernado. No soy capaz de explicar en qué consiste, se trata de algo más bien físico, de la misma manera que una oruga medidora nota si es adecuado pisar una determinada hoja o un pájaro percibe el movimiento de los insectos en la corteza de un árbol. Cualquier particularidad puede bastar: el sonido al pasar las páginas, el tacto de las letras, la hondura de la impresión, la saturación de los colores de las ilustraciones, la precisión en los detalles de una lámina, la tintura de las superficies de corte; no sabría decir exactamente lo que hace que me decida, pues, si bien acostumbro a saber de antemano qué obras me interesan, normalmente solo una vez que tengo el libro en la mano veo con claridad si quiero comprarlo.

Terminada la subasta, regresé al salón de anticuarios, pagué algunos libros que había solicitado que me apartaran y encontré otras seis obras que estaba buscando, además de alguna otra que no conocía. Por lo general, suelo enviar directamente a Clairon-sous-Bois los libros más voluminosos y caros, pero a menudo me llevo en el bolso algunas de mis adquisiciones; en esta ocasión fueron un glosario de bolsillo de cantos de pájaros ordenados por tonalidades del que no tenía noticia, una segunda edición del manual de anatomía de los animales de Harcard y un magnífico ejemplar del famoso libro de las arañas de Boisot, *Atlas des Araignées*, obra que le habíamos prometido buscar a uno de nuestros clientes asiduos porque deseaba regalársela a una amiga.

Al final de la jornada del día diecisiete de noviembre me subí al tren que iba a París y, muy entrada la noche, llegué al Hôtel du Lison, donde solemos alojarnos cuando vamos a la ciudad. El hotel se halla justo a la vuelta de la esquina de la rue Almageste, calle en la que tienen sus tiendas varios de los libreros anticuarios con los que solemos tratar, y allí se encuentra también la tienda de monedas antiguas de nuestro buen amigo Philip Maurel. Mis planes para los dos días siguientes incluían, además de comprar libros para la empresa y quedar con Philip, visitar la biblioteca de investigación Bibliothèque 18, en Clichy, dado que el diecinueve de noviembre tenía concertada una cita con la bibliotecaria Nami Charet, quien había descrito una serie de variaciones en las técnicas gráficas a lo largo del siglo XVIII ignoradas hasta el momento. Su descubrimiento de ciertas modificaciones en los instrumentos y métodos de trabajo de los grabadores permitía datar con gran precisión ilustraciones de finales del período y así arrojar luz sobre las discrepancias entre la génesis de las ilustraciones y el año de publicación de los libros.

Cuando llegué al hotel telefoneé a Thomas. No fue una conversación larga. Le conté mis hallazgos del día y le pregunté si sabía de algún otro título que debiera añadir a mi lista de la compra de libros del día siguiente. Se acordó de un par de obras que opinaba que valía la pena buscar, y además durante el día había solicitado a dos de nuestros colegas de la rue Renart, una bocacalle de la rue Almageste, que nos apartaran un par de ejemplares; me pidió que los examinara y comprara en caso de que estuvieran en buen estado. Apunté los títulos en mi lista y le prometí que me ocuparía de examinarlos al día siguiente. Creo que hablamos un poco más acerca de la subasta y también comentamos algo del tiempo en noviembre, antes de desearnos buenas noches dos o tres veces y poner fin a la conversación.

Cuando estamos lejos el uno del otro, procuramos evitar que nuestras conversaciones telefónicas se alarguen. No solo porque, en caso contrario, nos veríamos inmersos en un diálogo pormenorizado acerca del estado de los li-

17

bros, años de publicación, ilustraciones o fijación de precios, sino también porque dichas conversaciones contribuyen a subrayar la distancia que nos separa. En cuanto nos desviamos de simples cuestiones prácticas, la charla se transforma inadvertidamente en una especie de enlace de sonidos, un amortiguado murmullo amoroso. Lo que en principio empieza siendo una comunicación significativa y coherente se trastoca convirtiéndose en un intercambio de secuencias difusas que no forman oraciones ni transmiten información alguna: palabras sueltas y sonidos que, si bien en teoría deberían mantener viva la conexión entre nosotros, sin embargo no hacen sino poner aún más de manifiesto lo lejos que nos encontramos en ese momento. Con el paso del tiempo hemos ido aprendiendo a dividir las tareas entre nosotros, atenernos a cuestiones de tipo práctico y charlar solo cuando es imprescindible.

A estas alturas ya he olvidado muchas cosas de nuestra conversación, pero Thomas, que recuerda el diecisiete de noviembre como si fuera ayer, me ha contado que le hablé entusiasmada de mis hallazgos y le dije que le estaba dando vueltas a la idea de si T. & T. Selter debería ampliar el negocio y comerciar además con ilustraciones y láminas científicas. Discutimos fundamentalmente sobre los problemas prácticos que conllevaba mi propuesta, en especial la cuestión del envío, tarea de la que por descontado se ocuparía Thomas. Yo opinaba que merecía la pena pensarlo, pero él se mostraba más escéptico al respecto.

No recuerdo el resto de la conversación, pero sí me acuerdo de que poco después tomé un baño, y luego me senté en la cama de la habitación y ojeé mi lista de libros. También recuerdo que me encontraba algo cansada del viaje, que programé la alarma del teléfono, me quité la ropa y me eché a dormir.

Sigo sin saber si es una buena idea que T. & T. Selter empiece a comerciar con ilustraciones y láminas científicas, pero sí sé que esas consideraciones han dejado de tener sentido. Tambien sé que Thomas hace ya tiempo que entregó sus paquetes en la oficina de correos, que ha bajado al río y ha pasado junto al antiguo molino de agua, que ha atravesado el bosque y pronto estará de vuelta.

Vigilo las nubes de tormenta. Son nubes que me informan del paso del tiempo. La luz desaparece y observo cómo el color del cielo se troca en gris oscuro. Si estoy en el salón con un libro, se oscurece tanto que ya no se puede leer, así que me preparo para retirarme a la habitación de invitados. Permanezco sentada un instante escuchando la lluvia, y cuando comienza a arreciar sé que Thomas volverá a en casa al cabo de un momento. Me levanto del sillón que está junto a la ventana. Voy a la cocina, aclaro mi taza en el fregadero, la seco cuidadosamente con un trapo, la coloco en su sitio en el armario y entro aquí. Por lo general, suelo acordarme de girar el termostato de la calefacción antes de abandonar el salón para que suba la temperatura. Hace mucho que las brasas de la chimenea se han enfriado y Thomas regresará empapado por la lluvia.

Sin embargo, hoy no me encuentro en el salón, sino en la habitación de invitados, sentada a la mesa, y en este instante las nubes de tormenta se amontonan una vez más. Miro el manzano del jardín. Estando aquí sentada he visto caer un par de frutos sobre la hierba y un viento suave ha sacudido las hojas otoñales hasta secarlas casi por completo, pero enseguida el árbol volverá a mojarse con la lluvia. Todavía veo pájaros desplazándose bajo esta débil luz. Perciben que va a llover, pero aún no han ido a acomodarse en el seto.

El cielo se oscurece mientras aguardo a que Thomas aparezca por la calle. Delante de mí, las letras se desdibujan sobre el papel. He cerrado la puerta que da al pasillo y me he apartado de la ventana. Acostumbro a sentarme en la cama a esperar a que Thomas regrese. Sé que en primer lugar veré llegar una sombra, y después otra aún más oscura, por el camino al final del jardín. La primera sombra es nuestro vecino. La segunda es Thomas, que viene hacia aquí bajo la lluvia. Se trata del único momento en el que lo veo: una sombra mojada junto a la cerca. El resto del día, él queda reducido a sonidos en las habitaciones de la casa.

Una vez que Thomas vuelve a convertirse en los sonidos de las habitaciones de la casa, enciendo la luz. He oído sus pasos por el sendero del jardín, la llave en la cerradura, la puerta abrirse y cerrarse de nuevo. He oído que se secaba los pies en el felpudo y el leve clic del interruptor cuando prende la luz de la entrada. Al ver colarse luz bajo mi puerta he encendido la lámpara de la mesa. Mi luz inunda la estancia y escapa por debajo de la puerta, pero no se aprecia desde la entrada porque se confunde con la que hay allí fuera.

He regresado a mi sitio, a la mesa bajo la ventana. No tardaré en volver a sentir los pasos de Thomas por las escaleras y el pasillo. Luego, en la cocina y la entrada. Abrirá la puerta que da al camino para salir al jardín a por un puerro y unas cebollas del cobertizo. Oiré que se pone las botas de goma que están junto a la puerta y sus pasos bordeando la casa, y después reinará el silencio hasta que regrese con las hortalizas. Entonces me llegará el sonido de cómo las corta para hacer con ellas una sopa, el de la olla sobre el quemador y, una vez que la sopa esté hecha, el del roce de la silla contra el suelo de la cocina. Poco después, sonará el agua en las tuberías cuando Thomas lave su plato en el fregadero, y oiré que lo coloca en el armario antes de marcharse al salón. Pasará el resto del tiempo leyendo las *Lucid Investigations* de Jocelyn Miron, hasta que, prácticamente a las doce, apague la luz de la entrada y suba al piso superior. Pero aún no, porque a Thomas le queda todavía buena parte de la tarde por delante y en este momento se está cambiando de ropa en el dormitorio de arriba, mientras yo intento recordar toda una serie de días de noviembre que mi memoria ha empezado a fusionar entre sí. Tengo que acordarme de 121 días. Eso si lo consigo.

La primera vez que viví el dieciocho de noviembre no me pareció en ningún sentido un día inusual. Me desperté sobre las siete y media en la habitación del hotel y bajé a desayunar media hora más tarde. Durante la jornada visité diversas librerías anticuarias situadas alrededor de la rue Almageste y entré en la tienda de Philip Maurel, en el número 31, cuando pasé frente a ella. La nueva ayudante de Philip, a la que yo no conocía, pensaba que él no regresaría hasta la tarde, yo le dije que entonces volvería sobre las cinco. Encontré varias de las obras que buscaba en las tiendas de los distintos libreros con los que solemos tratar cuando vamos a la ciudad. En la rue Renart entré a echar un vistazo al volumen de *Histoire des Eaux Potables* que

Thomas localizó y por el que un cliente nos había preguntado en reiteradas ocasiones. Se trataba de un magnífico ejemplar que compré sin dudarlo y guardé en el bolso para llevármelo a Clairon-sous-Bois al día siguiente. Así Thomas podría enviárselo sin tardanza a nuestro impaciente comprador. En esa misma librería encontré un par de libros más que adquirí y solicité que me enviaran a Clairon. Y de otra me llevé un ejemplar en perfecto estado de la obra de Thornton *The Heavenly Bodies* en una edición que incluye dos láminas que únicamente aparecen en ella, impresa en dos tiradas menores en el año 1767.

Poco antes de las cinco volví a bajar las escaleras que conducían a la tienda de Philip Maurel. Llevábamos un cierto tiempo sin vernos, medio año, quizá más, y estuvimos charlando un buen rato sentados frente al gran escritorio situado a la entrada del local mientras él atendía de vez en cuando a algún cliente o contestaba el teléfono. Le hablé de la casa de Clairon-sous-Bois, pues aún no había ido a visitarnos allí, a pesar de que ya habían pasado dos años desde que nos mudamos. Le hablé del amor, del manzano en el jardín, los puerros y las acelgas. Le conté que en otoño se producían inundaciones, que el río se desbordaba periódicamente. Le hablé del negocio –con el que poco a poco habíamos ido logrando ganar lo suficiente para poder vivir de él–, y también del creciente interés por las obras ilustradas del siglo XVIII, de la subasta y de mis últimos hallazgos. Philip me habló del día a día en la rue Almageste, de su nueva novia, Marie –la chica que yo había conocido antes en la tienda–, de las tormentas políticas del otoño, y comentó que también él había notado en su negocio una enorme demanda de objetos de épocas pasadas más o menos raros.

Philip comercia principalmente con monedas de la época del Imperio romano, una profesión que la mayoría de sus amigos consideraba una broma cuando de muy joven abrió su tienda, si bien en los últimos años se había revelado un negocio lucrativo. Me contó maravillado cómo en varias ocasiones en las que fue invitado a cenar en casa de alguno de sus clientes habituales se encontró de repente rodeado por un nutrido grupo, que no estaba formado únicamente por señores mayores, sino que incluía también hombres y mujeres más jóvenes, deseosos de oír hablar de la normativa que regulaba las monedas durante el período imperial, de pormenores relativos a las técnicas de acuñación o de hallazgos, no demasiado fidedignos, de supuestas monedas bielorrusas. Me contó que hubo anfitriones que, de improviso, condujeron a los huéspedes a través de sus enormes apartamentos parisinos para mostrarles la colección de monedas, sin que estos sintieran extrañeza o vergüenza por las excéntricas aficiones del anfitrión; al contrario, los invitados manifestaban gran entusiasmo, observando con curiosidad y potentes lupas sus más recientes adquisiciones. Philip reconocía que se hallaba francamente sorprendido por el interés que se le prestaba a su íntima pasión. Por lo visto, aquellos pequeños emblemas de metal pertenecientes a una época lejana estaban siendo objeto de un nuevo afán coleccionista: no se atrevía a denominarlo «ola», pero, en todo caso, era un interés creciente que notaba de forma muy clara en su negocio.

Nos detuvimos un momento a reflexionar sobre semejante demanda de trofeos del pasado y le enseñé a Philip mi ejemplar de *Histoire des Eaux Potables*. Comentamos el empeño que el comprador había manifestado en obtenerlo y especulamos acerca de los motivos por los que alguien querría adquirir una obra así. ¿Quién compraría un libro de hace más de doscientos años sobre la historia del agua potable? Algún coleccionista, aunque resultaba difícil adivinar qué era lo que coleccionaba en concreto y qué aportaba el libro a la colección. Yo no conocía de él más que el nombre, la dirección y el sonido de su voz al teléfono, porque algunas semanas atrás había llamado por tercera vez para preguntar por el libro. Me pareció un hombre de mediana edad, y yo sabía que nos había comprado dos o tres libros anteriormente, aunque no me acordaba de cuáles.

Todavía recuerdo que hablamos con cierta ironía y distanciamiento de ese aumento del interés por los vestigios del pasado. Aunque nosotros mismos nos hallábamos bajo el influjo de dicha nostalgia, hambre de historia o como se quiera llamar, ambos coincidíamos en sentir una cierta perplejidad al comprobar que el fenómeno se extendía. Pienso que hasta nos veíamos en la obligación de justificar nuestras peculiares aficiones, que al parecer ahora compartíamos cada vez con más gente. Por lo menos las habíamos convertido en la forma de ganarnos la vida. Se trataba de nuestra profesión, no de un pasatiempo o una consecuencia pasajera del espíritu de los tiempos. Nos ocupábamos de nuestras respectivas empresas, T. & T. Selter y Maurel Numismatique, y no nos cabía duda de que manteníamos una relación más pragmática que nuestros clientes con aquella íntima nostalgia.

Afortunadamente, la novia de Philip, Marie, llegó en plena conversación. Philip nos presentó, e intercambiamos algún que otro comentario relacionado con la charla que acababa de concluir y sobre nuestro encuentro unas horas antes. Poco después, Marie trajo otra silla y se sentó junto al mostrador, en tanto que Philip se marchó a comprar comida y un par de botellas de vino a una tienda cercana.

Fue aquella una de las primeras noches frías de noviembre. Había llovido un poco por la mañana temprano, y el resto del día el cielo estuvo nublado con algo de sol de vez en cuando, pero en ese momento empezamos a notar frío allí sentadas. En la trastienda, donde Philip estuvo viviendo durante los primeros años del negocio, él tenía una pequeña cocina y una vieja estufa de gas. Marie y yo decidimos intentar encender el aparato. Ella retiró la capa de polvo que cubría la superficie y entre las dos nos las arreglamos para manipular una enorme bombona de gas azul que estaba junto a la estufa para colocarla en su sitio, y empujar a continuación el pesado aparato hasta el interior de la tienda para colocarlo junto al mostrador. Encontramos una caja de cerillas en un cajón de la cocina y encendimos la estufa. Cuando Philip regresó, la tienda ya se había caldeado; entonces nos instalamos junto al mostrador, comimos, bebimos vino y charlamos durante horas.

Lo que recuerdo con mayor nitidez de esa noche es la alegría que experimenté en aquel lugar sentada entre Philip y Marie. Saltaba a la vista lo unidos que estaban. No se trataba de esa complicidad que hace que los demás se queden al margen y que se manifiesta cuando la pareja de recién enamorados busca constantemente contacto visual o táctil, ni tampoco era uno de esos vínculos frágiles en los que el tercero tiene la impresión de estorbar y siente el impulso de dejar solos a los amantes con su nueva y delicada relación. En aquel lugar se percibía una tranquilidad en torno a Marie y Philip que hizo retroceder mi pensamiento cinco años atrás, al momento en el que conocí a Thomas. Aquella sensación súbita de comunión inexplicable, la perplejidad al encontrar al otro –esa persona que lo transforma todo en algo sencillo–, una sensación de calma y de vorágine al mismo tiempo. Sin duda, Philip y Marie tenían la intención de pasar juntos el resto de su vida, así de simple, y solo cabía esperar a ver lo que el futuro deparaba. Contemplada bajo este prisma, mi visita se entendía como algo natural, yo era también un elemento más de su vida juntos, una colega y amiga, casada con un amigo que Philip tenía desde su tierna juventud. Yo no suponía un obstáculo, ni beneficio ni estorbo, no era rival ni colaboradora, no había venido a comprar o vender, era pura y simplemente un hecho en el contexto de su vida en común.

Ahora ya he olvidado el contenido de nuestra conversación, pero sí recuerdo la atmósfera que nos envolvía. Me acuerdo de que en un determinado momento me puse a observar una esquina del antiguo y ancho escritorio de roble que servía de mostrador en la tienda. Me acuerdo de las marcas en la madera y de una pequeña muestra de monedas, expuestas en urnas transparentes sobre el mostrador, que tuvimos que apartar para hacer sitio a platos y vasos. Recuerdo también el calor que hacía allí y el accidente que sufrí con la estufa. Ocurrió un rato después de que termináramos de cenar. Retiré ligeramente mi silla hacia atrás, pero, como el calor se había vuelto tan excesivo, me levanté para alejar un poco la estufa de gas. Me acuerdo de que Philip, tras recoger los platos, se había marchado a la minúscula cocina de la trastienda a por un sacacorchos para abrir otra botella de vino, y también recuerdo que dije algo acerca de que hacía calor y de que iba a alejar un poco el aparato. Marie se levantó con la intención de ayudarme, pero para entonces yo ya había puesto una mano en el borde superior de la estufa y le había dado un fuerte empujón para separarla del mostrador junto al que estábamos sentados.

Como es natural, durante todo ese tiempo el aparato se había ido recalentando y el borde metálico estaba ardiendo cuando puse la mano encima, de modo que, en el mismo instante en el que el pesado aparato empezó a moverse, noté un repentino y agudo dolor en la mano. Proferí un fuerte grito, diciendo alguna palabrota seguramente. Marie vino y apartó el aparato mientras yo permanecía un momento paralizada por el dolor. Philip, que acababa de dejar los platos en la cocina, trajo de inmediato un cuenco de agua fría en el que metí la mano, y así pasé el resto de la velada, con la mano sumergida en el agua, aunque sin conseguir que desapareciera el dolor de la quemadura. Fue lo único inusual que sucedió aquella noche.

Poco antes de las once regresé al hotel y no tardé en telefonear a Thomas. Estaba absorto en el libro de Jocelyn Miron y no daba la impresión de que esperase ninguna llamada. Ignoro si fui un elemento perturbador en su lectura o si se alegró de la interrupción, pero recuerdo que me instruyó acerca de las tesis fundamentales del libro y describió las diferentes variedades de pensamiento ilustrado que Miron esboza. Recuerdo además que comentamos el subtítulo, un tanto peculiar, del libro: *Rises and Falls of Enlightenment Projects*, antes de que yo empezara a hablar-

27

le de mi visita a la tienda de Philip Maurel, de su novia, Marie, y su manifiesto amor mutuo, de la creciente demanda de monedas del Imperio romano y de mi accidente con la estufa en el local de Philip. Thomas me contó que había llovido gran parte del día, con excepción de algunas horas a comienzos de la tarde, que había ido a llevar cartas y paquetes a la oficina de correos y que, al ver que salía el sol, decidió dar un paseo por el bosque y junto al río. Como creyó que no iba a llover más, bajó hasta el antiguo molino de agua; sin embargo, cuando ya había emprendido el camino de vuelta a casa, cayó un fuerte chaparrón que lo empapó por completo. Recuerdo que comentamos si existía riesgo de que el río se desbordara. Dijo que, a juzgar por el nivel del agua y si además se cumplían las previsiones meteorológicas para los próximos días, quizá esta vez no hubiera inundaciones. No soy capaz de rememorar los pormenores de aquella conversación, pero estoy segura de que le informé de mis adquisiciones de ese día, de los precios y la entrega, y que charlamos sobre mis planes para el día siguiente, el diecinueve, que incluían mi cita con Nami Charet en la Bibliothèque 18.

En un par de ocasiones mientras conversábamos me quejé de que aún me dolía la quemadura y nos reímos un poco de mi carácter irreflexivo, pues no era la primera vez que me hacía daño por no atender al nexo básico entre causa y efecto, en palabras de Thomas. Me sugirió que fuese a buscar unos cubitos de hielo para enfriar la herida. Después creo que intercambiamos algunas frases carentes de verdadero contenido. Recuerdo que uno de los dos observó que nos encaminábamos al de sobra conocido enlace de sonidos, un murmullo que evidenciaba la distancia que mediaba entre nosotros; creo que le prometí a Thomas bajar de inmediato a la recepción a por unos cubitos de hielo y a continuación nos deseamos buenas noches reiteradamente poniendo fin a la conversación. Aquella fue la última vez que hablé con Thomas antes de que el tiempo se rompiera.

Permanecí despierta un rato, media hora, quizá más. Me había puesto sobre la quemadura la bolsa con cubitos de hielo que fui a buscar y una toalla alrededor de la mano envolviéndolo todo. El dolor y el frío no me dejaban dormir, estuve dando vueltas en la cama con un extraño desasosiego en el cuerpo; sin embargo, poco a poco, el frescor en la herida, el cansancio o lo que fuera hicieron que el dolor pasara a un segundo plano, y cuando momentos después me dormí, fue con una toalla llena de cubos de hielo derritiéndose alrededor de la mano y una pequeña pila de libros sobre el escritorio de la habitación: un catálogo de cantos de pájaros, un atlas de arañas, un libro sobre cuerpos celestes, una obra acerca de la historia del agua potable y un manual de anatomía de los animales. Encima de una silla junto a la cama, mi teléfono estaba preparado para despertarme a las siete y media de la mañana siguiente. Del respaldo de la silla colgaban un vestido, un jersey y unos pantis, mientras que en el suelo había un par de botines y un gran bolso bandolera con otro vestido, medias, ropa interior, una cartera, un juego de llaves, una botella de agua prácticamente vacía y un paraguas plegable.

Mi bolso continúa en el suelo y los libros descansan sobre la mesa junto a la cama supletoria. Ya no estoy en el hotel, sino en nuestra casa de Clairon-sous-Bois, en la habitación que da al jardín. Es de noche y sigue siendo dieciocho de noviembre. Thomas lee en el salón, pero no falta mucho para que apague la luz y compruebe si las puertas están cerradas. Después subirá las escaleras, y cuando despierte por la mañana habrá olvidado su dieciocho de noviembre.

Con el día de hoy, he vivido 121 veces el dieciocho de noviembre, pero todavía se me puede ver la quemadura como una estrecha cicatriz en la mano. Primero, la quemadura se inflamó, enseguida empezó a supurar y más tarde formó una alargada costra parduzca. Poco a poco, la costra fue levantándose hasta que se desprendió, dejando al descubierto una pulida marca roja que muy lentamente va menguando día tras día. Ya no la noto, y dentro de un instante, cuando apague la luz, ni siquiera se verá.

122

Es el mismo día. Lo sé por los sonidos. Una vez más me he despertado en la habitación de invitados y una vez más Thomas ha actuado en función de su patrón de la mañana: he oído el zumbido de las tuberías, los ruidos del fogón y el frigorífico. Dentro de un momento Thomas se irá y no tardará en regresar con sus bolsas; durante su ausencia iré a la cocina a por un paquete de galletitas, biscotes o lo que encuentre, porque me estoy quedando sin provisiones.

Oigo que se prepara para salir a la lluvia de noviembre. Suena un ligero tintineo cuando saca las llaves, y el suave roce de la tela de su abrigo contra el papel pintado de la entrada al descolgarlo del perchero.

He contado los días. Hoy es mi dieciocho de noviembre # 122. Me he alejado mucho del diecisiete y no sé si algún día veré el diecinueve. Sin embargo, el dieciocho vuelve una y otra vez. Llega poblando la casa de sonidos. Los sonidos de una persona. Se pasea por la casa y ahora se marcha.

Esa es la razón de que comenzase a escribir. Porque lo oigo en la casa. Porque el tiempo se ha roto. Porque encontré un paquete de folios en la estantería. Porque intento recordar. Y el papel recuerda. A lo mejor las frases son sanadoras en algún sentido.

Me he instalado junto a la ventana. En la pequeña pila de papeles pone que hay alguien en la casa, que oigo cuando él va de un lado a otro. He escrito que está esperando y que es a mí a quien espera. He escrito que el tiempo se ha roto. Empiezo a hacerme a la idea. He escrito que empiezo a hacerme a la idea y que en cierto modo las frases son sanadoras. A lo mejor.

Pero sigue siendo el mismo día y, en breve, una vez que me traiga provisiones de la cocina, tras ir al aseo y lavarme los dientes, después de cerrar la puerta y sentarme de nuevo en la habitación, oiré que Thomas regresa con su compra. Oiré el ruido que hace al sacar los artículos de las bolsas y colocarlos en su sitio. Oiré que ha abierto el frigorífico cuando este choque contra la encimera de la cocina. Oiré a Thomas en el despacho del piso de arriba, en la cocina y en la entrada, también el roce de una mano o una manga contra la pared de la escalera y el leve golpe sobre las tablas del suelo de madera cuando deje los paquetes y las cartas en la entrada.

31

Lo descubrí ya durante el desayuno. Poco antes de las siete y media me desperté en mi habitación del Hôtel du Lison junto a una toalla mojada y una quemadura que prácticamente había dejado de dolerme. Me di un baño rápido y bajé a desayunar. Pedí café, escogí algo de comer del bufé y me llevé un periódico a la mesa, pero nada más echar un vistazo a la primera página me percaté de que se trataba del mismo periódico que había leído el día anterior. Entonces fui a la recepción del hotel a preguntar por el periódico actual y me respondieron que era el que yo tenía en la mano, que estábamos a dieciocho de noviembre y que el día anterior fue diecisiete. Ni aun teniendo razón, rara vez me pongo a discutir ese tipo de cosas, de modo que elegí otro periódico del día anterior, volví a mi mesa y me terminé el café.

Pero cuando a uno de los otros huéspedes del hotel se le cayó un trozo de pan al suelo, entonces sí me asusté. Y no porque ignore que esas situaciones se dan continuamente en todos los hoteles del mundo, sino porque fue precisamente a ese huésped a quien el día anterior se le había caído un trozo de pan en ese mismo lugar. Era una rebanada de pan blanco de igual tamaño que la que se le cayó el día anterior; la caída ocurrió a idéntica velocidad, casi como si el pan flotara, una lentitud que indicaba que se trataba de un trozo muy liviano. El huésped efectuó los mismos ademanes, idéntico titubeo cuando, tras agacharse a por el pan, pareció no saber qué debía hacer con él una vez recogido del suelo. Obviamente se hallaba escindido entre dos normas: una según la cual no se deben tirar alimentos a la basura, y otra que prescribe que la comida que se cae de fuentes, cestas y platos civilizados ha de considerarse desperdicio. Entonces advertí el mismo gesto discreto del día precedente cuando, tras haber inspeccionado el local con la mirada, decidió deshacerse del pan en un cubo de basura y tomar un cruasán en su lugar.

En el momento en que vi aquel titubeo supe que me encontraba ante una repetición. Aún no imaginaba que el día siguiente volvería a ser dieciocho de noviembre, ni que después de ese vendría otro y luego otro y otro más, pero supe que algo iba mal.

El hecho de que saliera inmediatamente a comprobar en el puesto de prensa más cercano la fecha que aparecía en los periódicos y a continuación retirase dinero de un cajero automático con mi tarjeta de crédito, o que poco después entrara en dos hoteles distintos para echar un vistazo al calendario de la recepción, no se debía a que albergase realmente ninguna duda, era exclusivamente una manera de afrontar mi confusión. La fecha de los periódicos, de mi recibo y del calendario de los hoteles confirmaba que estábamos a dieciocho de noviembre. También hacía el mismo tiempo atmosférico. Durante el desayuno había estado lloviendo, pero, en ese momento en el que caminaba por las calles mojadas viendo cómo abrían las primeras tiendas, las nubes se habían retirado. Iba a ser un día fresco, con predominio de nubes y algo de sol de vez en cuando.

Volví al hotel y llamé a Thomas. Con el pretexto de haber olvidado la hora de mi cita con Nami Charet en la Bibliothèque 18 de Clichy, corroboré que también era dieciocho de noviembre para él. Yo tenía la cita el diecinueve. «Mañana», dijo él, a las once de la mañana, y no cabía duda de que, en el caso de Thomas, se trataba del primero y único dieciocho de noviembre del año, un nuevo día por delante que apenas había estrenado, el día posterior al diecisiete de noviembre y el que antecedía al diecinueve, fecha en la que estaba previsto que yo regresara.

Nuestra breve conversación reveló enseguida que en su mente no figuraba nada de lo que la noche anterior le había contado acerca de lo que hice durante el día, y que tampoco guardaba memoria de su propio día lluvioso de noviembre. Él ignoraba que hubiera llevado cartas o paquetes a la oficina de correos. No había bajado a ningún río ni le había caído un chaparrón que lo empapase por completo, y no tenía recuerdo alguno de nuestra conversación telefónica de la noche del dieciocho. Su memoria no había almacenado datos de mi visita a la tienda de Philip Maurel, no existía Marie alguna, ninguna estufa de gas ni quemadura o cubitos de hielo. No tenía noticia de *Eaux Potables* o *Heavenly Bodies*, ni de charlas acerca de las distinciones que hace Jocelyn Miron. Tan solo era posible recordar nuestra conversación previa. La de la noche precedente. La del diecisiete.

Poco después estaba sentada en la cama deshecha de la habitación con la espalda contra la pared y el teléfono junto a mí. Había indagado de manera discreta. No quería inquietarlo, simplemente pretendía saber si me encontraba sola, y así era. Thomas no había vivido el dieciocho de noviembre.

Puede que hubiera transcurrido un cuarto de hora, o quizá media hora, antes de que me fijara en los libros. La pequeña pila se había reducido. Habían desaparecido los que adquirí el dieciocho. Sobre la mesa de la habitación descansaban los que había comprado el diecisiete: *Atlas des Araignées*, *The Anatomy of Animals* y *Musick of Nature's Birds*. Sin embargo, *Histoire des Eaux Potables* y *The Heavenly Bodies* ya no estaban.

Media hora más tarde me dirigía a las librerías anticuarias donde compré los libros. Una de ellas aún estaba cerrada, y cuando, pocos minutos después, abrí la puerta de la otra, vi de inmediato que *Heavenly Bodies* de Thornton se hallaba en la estantería situada detrás del mostrador, en el mismo lugar de donde el librero lo extrajo el día anterior. Era evidente que el librero, con quien he tratado en varias ocasiones, tanto en las subastas como en su tienda de la rue Renart, no recordaba mi visita del día anterior ni que me hubiese vendido antes el libro. Volví a comprarlo, me disculpé por tener prisa, regresé a la otra librería, que ahora ya estaba abierta, y pregunté al dueño por el ejemplar de *Histoire des Eaux Potables* que Thomas había solicitado que le reservara. Lo sacó enseguida y preguntó por Thomas, con quien creía haber hablado el día anterior. «Ayer», dijo él. A continuación nombró otros tres libros que también me había enseñado durante mi visita el día anterior y que yo, después de haberlos mirado, había comprado, solicitando que me los enviaran a Clairon. Esta vez no los compré, pagué el ejemplar de *Histoire des Eaux Potables*, guardé el libro en el bolso, donde lo esperaba *Heavenly Bodies* de Thornton, y me dirigí al hotel.

De camino entré en la tienda de Philip. Su ayudante, que ahora yo sabía que se llamaba Marie, me dijo que acababa de marcharse y que no regresaría hasta la tarde. No dio muestras de reconocerme y yo no deseaba insistir en el hecho de que nos conocíamos.

35

Sobre el mostrador vi un sestercio romano que Philip me había enseñado la tarde anterior. Se hallaba en una urna transparente junto a otras dos monedas. Se trataba de una moneda de cobre acuñada con la efigie del emperador Antonino Pío en el anverso y que llevaba grabada con gran minuciosidad a la diosa Annona en su reverso. Ella aparecía de pie, con dos espigas en una mano y una medida de grano en la otra. Marie me mostró los detalles bajo una lupa y me explicó que la medida de grano –«un modius», dijo– indicaba que nos encontrábamos ante la diosa Annona. Ella personificaba el suministro de grano, asunto decisivo del que dependía que el emperador siguiera manteniendo su poder en Roma. Al igual que muchos otros emperadores, Antonino Pío necesitó importar enormes cantidades de grano para evitar disturbios y de ahí la importancia de la diosa Annona, afirmó. Entonces vaciló un momento y añadió que seguramente eso ya lo sabía yo. Asentí, y por un instante percibí un clima de confianza, un destello, como si quizá me hubiera reconocido. Pero creo que me equivoqué. Simplemente era un reflejo de mi esperanza.

Compré la moneda y le pedí que la empaquetara para regalo. Mientras Marie colocaba la moneda en una caja azul grisácea y la envolvía en papel, di una vuelta por la tienda. A la entrada estaba el enorme escritorio junto al que nos habíamos sentado la noche anterior, el mismo sobre el que, en ese momento, Marie envolvía el sestercio. En la pared de detrás del escritorio se veía una larga fila de cajones y armarios con monedas, y en la sala contigua Philip tenía expuestas una amplia selección de sus monedas dentro de vitrinas que recorrían las paredes. Entré en la sala y, para no llamar la atención, me fui hacia la izquierda siguiendo despacio los expositores a lo largo de las paredes, dentro de los cuales se encontraban las monedas colocadas en orden cronológico. En la primera vitrina había una selección de monedas prerromanas, la mayor parte griegas, y también una pequeña muestra de monedas indias y chinas, que Philip tenía intención de ampliar, pero que aún estaba colocada en algún lugar de la periferia del Imperio romano. Debajo de una ventana alargada, desde la que se veía la calle situada más arriba, había una pequeña estantería con catálogos y libros, mientras que los expositores de las otras dos paredes mostraban monedas romanas ordenadas de acuerdo con los diferentes períodos y transiciones monetarias. La dirección de mi movimiento me llevó a las vitrinas que contenían monedas del período imperial romano y contemplé el modo en el que las había dispuesto Philip, que permitía captar fácilmente la serie de emperadores que se sucedían cronológicamente, una hilera de rostros que se sumaban de forma sencilla unos a otros dando cohesión a la historia. El recorrido por las vitrinas representaba un paseo de sobra conocido por mí, que ya lo había efectuado antes en varias ocasiones. Los emperadores y emperatrices romanas, sus dioses y diosas, los diminutos símbolos y objetos que debían permitirnos conocer quiénes eran me otorgaron seguridad y también tiempo para valorar la situación.

A continuación del último expositor, que contenía monedas de la época en la que se disolvió el Imperio romano de Occidente y un grupo menor de monedas bizantinas, se veía la puerta abierta de la trastienda. Junto a una de las paredes se alzaban un mueble de cocina, un frigorífico y un fregadero; al otro lado se extendía una fila de armarios. Al final de los armarios había algunas cajas y, el día anterior, detrás de las cajas estaba la estufa de gas.

Cuando poco después Marie contestó una llamada de teléfono, entré rápido en la trastienda y, efectivamente: al fondo de la habitación, metidas en un rincón, vi una bombona de gas azul y una estufa cubierta por una capa de polvo intacta.

La marca de la mano continuaba doliéndome un poco, pero era un dolor al que ya me había acostumbrado y solo reparaba en él cuando me golpeaba con algo o hacía un movimiento brusco. Si la mano permanecía quieta, el dolor se reducía a un débil ruido de fondo en mi sistema nervioso, nada especial, una herida mínima, la quemadura producida por una estufa cubierta de polvo que no se usaba desde el invierno pasado.

Me apresuré a volver junto a Marie, pagué el sestercio y salí de la tienda. La moneda era para Thomas. No había decidido si debía regresar con él cuanto antes o si sería mejor que esperara. Según el plan inicial, en esos momentos yo tendría que estar camino de la Bibliothèque 18, pero eso en el supuesto de que durante la noche hubiera pasado a ser diecinueve de noviembre. Al no haber ocurrido así, en lugar de ello entré en una farmacia a comprar una caja de apósitos para quemaduras y un tubo de crema antiséptica.

De regreso en el hotel, saqué un amplio apósito alargado de la caja de la farmacia y cubrí con él la quemadura, que se había hinchado ligeramente y adquirido un color rojizo. Después telefoneé a Thomas. Le conté que había hallado una fractura en el tiempo en la que, sin embargo, nadie más parecía haber reparado, y admití que ese era el auténtico motivo de mi llamada un par de horas antes. No quería inquietarlo, pero ya no veía más salida que hacerlo partícipe del problema. Durante los siguientes minutos le informé de los acontecimientos del dieciocho de noviembre con una infinidad de detalles de los que actualmente no guardo conciencia clara en mi recuerdo. Le hablé de mi paso por los anticuarios, de los libros que había adquirido por segunda vez, de mi visita a Marie y de la estufa de gas cubierta de polvo en la trastienda. No le dije nada del sestercio que le había comprado, pero, aparte de eso, creo que le conté casi todo lo sucedido, tanto en mi primer como en mi segundo dieciocho de noviembre, a través de un largo monólogo que Thomas escuchó sin apenas hacer comentario o pregunta alguna.

Lo que hoy permanece con mayor nitidez en mi memoria de dicha conversación es la desigualdad que surgió de pronto entre nosotros cuando le referí nuestra charla de la noche anterior. Thomas empezó a plantear preguntas con voz insegura. Se daba cuenta de que había intervenido en mi dieciocho de noviembre, de que estuvo hablando conmigo, informándome del transcurso de su jornada. Yo podía decirle lo que había pasado en ella, el tiempo que había hecho, y darle datos de los que él no guardaba ya recuerdo alguno.

Él no dudaba de que estuviera diciéndole la verdad, pero le asustaba el hecho de haber hablado conmigo y no recordarlo. Una cosa era que yo hubiese experimentado una falla en el ordinario avance del tiempo, pero que él hubiera formado parte de mi día, mantenido conversaciones y realizado actos que no fuera capaz de recordar le provocaba a todas luces la misma sensación de vértigo y desasosiego que yo misma experimenté al ver la rebanada de pan caer flotando hacia el suelo. Es un instante singular en el que desaparece la tierra firme y de pronto te das cuenta de que toda la previsibilidad del mundo puede cesar, en el que sientes como si se hubiera activado súbitamente un estado de alerta existencial, un pánico silencioso que no provoca en ti la huida o un grito de socorro, que no precisa ambulancias ni una intervención urgente. Como si dicho dispositivo de emergencia aguardara preparado en el fondo de la conciencia, casi como un tono fundamental que no oímos habitualmente, pero que se pone en funcionamiento en el instante en el que uno descubre la imprevisibilidad del mundo, un saber acerca de que todo puede cambiar de un momento a otro, que aquello que no puede ocurrir, que no esperábamos en absoluto que sucediera, cabe aun así dentro de lo posible. Que el tiempo se detenga. Que la fuerza de la gravedad deje de actuar. Que colapsen las leyes de la naturaleza y la lógica del mundo. Que nos veamos obligados a reconocer que nuestra expectativa de la constancia del mundo reposa sobre un fundamento carente de certeza. No existen garantías, detrás de todo aquello que habitualmente damos por sentado como seguro se hallan excepciones inverosímiles, repentinas fracturas e impensables quebrantamientos de la ley.

Al pensar en ello ahora me resulta chocante que alguien pueda inquietarse tanto ante lo inverosímil, cuando sabemos que toda nuestra existencia descansa sobre hechos extraordinarios e improbables coincidencias. Que si estamos aquí se debe únicamente a dichas rarezas: que haya seres humanos en este que llamamos nuestro planeta, que podamos movernos por una esfera que gira en el espacio sideral lleno de objetos inconcebiblemente grandes con partes tan diminutas que el pensamiento no alcanza a entender cuántas son y cuán pequeñas. Que estos objetos infinitamente pequeños en medio de lo inconcebiblemente grande puedan mantener la unidad. Que nos mantengamos suspendidos. O simplemente que existamos, que cada cual haya venido a la existencia en tanto una sola de esas infinitas posibilidades. Llevamos en nosotros lo impensable todo el tiempo. Ya ha sucedido: somos inverosímiles, procedemos de una nube de increíbles coincidencias. Sería lógico pensar que semejante saber debería representar para nosotros al menos cierto pertrecho a la hora de afrontar lo inverosímil. Pero por lo visto sucede lo contrario. Nos hemos acostumbrado a vivir con ello sin sentir vértigo cada mañana, y en lugar de movernos vacilantes, con precaución, en un asombro continuo, vamos por la vida como si nada hubiera pasado, subestimamos lo extraordinario, y el vértigo solo aparece cuando la existencia se muestra como lo que es: inverosímil, imprevisible, extraordinaria.

Entonces se pone en funcionamiento el estado de alerta. Fue lo que percibí, a través del teléfono, que le estaba sucediendo a Thomas mientras yo me encontraba en la habitación del hotel, todavía aturdida tras haber presenciado la caída de una rebanada de pan por segunda vez. Lo notaba en su voz. Ese pánico silencioso al comprender lo que había ocurrido y su intento titubeante por hallar una explicación que tuviera sentido. No se podía atribuir a una mala conexión telefónica. Era que su suelo firme había desaparecido, que se activaba el estado de alerta en él y se desplegaba el botiquín de primeros auxilios. La apertura a un mundo en el que todo puede cambiar. Un tiempo que se rompe, un día que se repite, vivencias que se desvanecen sin dejar rastro en la memoria, polvo que regresa a lugares de los que sabes que lo habías quitado.

Por lo general, todo vuelve a cerrarse. Se trataba de un error. Lo extraordinario encuentra una explicación natural: no había visto bien o lo recordaba de otro modo, mezclé unas cosas con otras, confundí los días. Lo desaparecido aparece, lo incomprensible se explica finalmente, era un engaño de los sentidos, fruto de la distracción, un sueño o una equivocación, el mundo recupera su orden, cesa el vértigo y respiras con alivio.

Pero no en esta ocasión. Yo había visto caer un trozo de pan dos días seguidos y ahí no cabía equivocación alguna. Marie estuvo limpiando ante mis ojos la capa de polvo depositada sobre una estufa que, en ese preciso instante, se hallaba igual de polvorienta que cuando la encontramos en la trastienda de Philip Maurel. Mantuve una conversación con Thomas y él me contó lo que había hecho durante el día. Yo recordaba su dieciocho de noviembre, Thomas no, pero los dos sabíamos que lo que yo decía era cierto. No me había equivocado. No cabían errores ni confusiones. Estaba totalmente segura y Thomas no halló motivos para dudar.

Me dijo que iba a investigar la cuestión. Aún notaba desasosiego en su voz. Él estaba impaciente por terminar la conversación. Daría una vuelta y al cabo de un rato volvería a llamarme. Cuando, algo más de media hora después, me telefoneó de nuevo, había consultado internet, varios periódicos e indagado en dos sucursales bancarias y una tienda de material de oficina. En ese momento se hallaba en una mesa del café La Petite Échelle, situado en pleno Clairon. Llovía un poco, pasaba algún minuto de las dos de la tarde, justo acababa de oír el carrillón de la torre de la iglesia cerca del café, y estaba seguro de que era dieciocho de noviembre.

No podía ofrecerme una explicación, si bien los hechos parecían simples: me había despertado dos días seguidos en el mismo dieciocho de noviembre y, durante el segundo, todo había transcurrido en torno a mí exactamente igual que en el primero, como una copia del día que ya había almacenado mi memoria. Por el contrario, Thomas no tenía la impresión de haberlo vivido y no encontraba nada que le hiciera pensar que él ya hubiera participado alguna otra vez en ese mismo día. Solo recordaba nuestra conversación del diecisiete, día al que le costaba dejar de referirse como «ayer».

Pasamos unos minutos discutiendo posibles explicaciones: alucinaciones y lapsus de memoria, equívocos e interpretaciones erróneas, bucles de tiempo y universos paralelos, pero ninguna de ellas lograba aclarar la situación. Ambos descartábamos que pudieran existir pasajes a otras dimensiones, y la explicación naturalmente más plausible era que me lo hubiera imaginado todo, producto de una alucinación, de una fantasía desbordante, de un sueño. Sin embargo, que mi dieciocho de noviembre fuera de principio a fin un ensueño, una ficción, una ilusión, no resultaba convincente: las ficciones no provocan quemaduras, nadie sueña un periódico matutino completo, tampoco sueles toparte con una réplica de tus alucinaciones durante el desayuno en un hotel mediano parisiense. Estábamos totalmente confusos. Lo único que podíamos afirmar con seguridad era que yo experimentaba un mundo que durante la noche había retornado a su punto de partida, sufriendo el desplazamiento de una jornada y presentándose exactamente igual que el día precedente.

No resultaba fácil saber qué hacer. Barajamos diversas posibilidades: una era quedarme donde estaba y ver lo que deparaba el día, y otra regresar de inmediato con Thomas, el único al que en ese instante había afectado dicha fractura en el tiempo, y probablemente el único al que podía confiarle este extraño fenómeno sin que se me escuchara con escepticismo ni fuera considerada una loca, una excéntrica o simplemente una completa mentirosa. Por supuesto, Thomas también podía venir a París a investigar juntos el asunto y esperar a que el día volviera a ser normal, aunque él no creía que eso fuera a resolver el problema, y según la charla iba avanzando llegamos a la conclusión de que yo debía volver a casa. Allí no íbamos a poder hacer demasiado. Tenía que regresar.

Nos garantizamos mutuamente que nos veríamos pronto y dimos por terminada la conversación. Hice el equipaje tranquila. Reuní los libros, los envolví con esmero y los guardé en mi bolso, me puse el abrigo y fui andando a la estación, adonde llegué media hora después. Tras esperar casi una hora me subí a un tren que iba a Lille y, una vez allí hice trasbordo a otro para continuar hasta Clairon-sous-Bois.

Cuando me bajé del tren en la estación de Clairon ya era de noche. Intenté pedir un taxi por teléfono, pero, al no conseguir conexión, decidí hacer a pie los apenas dos kilómetros de distancia que median entre la estación y nuestra casa. Había empezado a llover mientras iba en el tren, soplaba un poco de viento y salí bajo la lluvia con el paraguas abierto en una mano y mi bolso colgado del hombro contrario. Eran alrededor de las siete, había agua en el camino, estaba oscuro, hacía frío y la lluvia remitía de vez en cuando, pero solo por breves momentos. La quemadura de la mano, en la que apenas había reparado durante el viaje, me taladraba ahora con un dolor ardiente a cada paso que daba. Notaba que el apósito se iba despegando con la lluvia, así que me detenía a menudo para intentar fijarlo de nuevo, o me cambiaba el bolso de hombro y pasaba el paraguas a la mano contraria; pero no servía de nada, el dolor desaparecía un instante y regresaba de nuevo.

Curiosamente, el paseo de la estación a casa surtió en mí un efecto tranquilizador. Era como si la caminata se correspondiera con la situación, como si el frío, la incomodidad y el dolor de la quemadura concordaran con mi desasosiego interno. No solo había en mí el poso de que algo se hubiera torcido, no solo sentía frío, desazón y malestar. Tenía también la sensación de que más adelante encontraría un remedio, la certeza de que si continuaba caminando a través del frío y el agua, si soportaba el dolor en la mano, si avanzaba con el paraguas firmemente agarrado y el pesado bolso al hombro, si seguía dando un paso tras otro bajo la lluvia, llegaría a una casa en la que podría escapar de todo ello, a un salón cálido, al lugar donde Thomas estaba esperándome. Me hallaba sola, prisionera del agua y el frío, con una quemadura en la mano y un bolso lleno de libros colgado del hombro, pero la situación no era desesperada; si al final de mi an-

45

dadura encontraba refugio contra la lluvia, ropa seca y a Thomas esperándome, sería posible encontrar una solución. Únicamente tenía que aguantar esa caminata bajo la lluvia.

Cuando llegué encontré todo como cabía esperar. La farola frente a la casa proyectaba sobre sus muros mojados las acostumbradas sombras de los arbustos del jardín. El huerto se hallaba en penumbra y desde la calle se atisbaban las puertas pintadas de blanco del cobertizo. El camino de entrada enarbolado me condujo desde la calle hasta la puerta principal, exactamente igual que de costumbre. Era noviembre, llovía, había estado en Burdeos, continuado luego hasta París, visitado a Philip Maurel, comprado libros y regresado dos días después, como estaba planeado. Lo único que representaba una anomalía era que no hubiera visto a Nami Charet y que no fuera diecinueve de noviembre. Una pequeña variación, un error en una secuencia numérica, una fractura en el tiempo, un defecto que yo no tenía la posibilidad de subsanar de inmediato, un problema cuyo alcance aún no era capaz de anticipar, y que por lo tanto tampoco podía llamar nimiedad ni desgracia, pero que justo entonces, mientras pisaba las baldosas frente a la casa, me pareció un pormenor del que ya me ocuparía en otro momento.

Durante los días transcurridos desde aquella caminata bajo la lluvia, ese pequeño defecto en el tiempo se ha ido agrandando: un error en la fecha que ya no es posible soslayar. Si vuelvo a pensar en aquella noche en la que llegué caminando de la estación, revive en mí el sentimiento de entonces. Por un breve instante veo esa fractura en el tiempo como un detalle sin importancia, un problema que tiene solución, igual que un paseo con frío y lluvia que pronto terminará; pero un momento después comprendo que no se trata de una nimiedad que pueda apartar de la mente sin más. El error no desaparece, se acrecienta cada vez más y no sé qué hacer para que desaparezca.

Thomas agitó la mano desde la ventana de la cocina tan pronto como me vio a la luz de la farola. Nuestras miradas se cruzaron un segundo y él inició un saludo que detuvo en el aire, cambió de dirección y se precipitó hacia la puerta. Nos encontramos en el umbral. Sacudí el agua del paraguas, y Thomas me llevó rápidamente a cubierto, al interior de la casa, al calor. Me quitó en primer lugar el paraguas y el bolso, después el abrigo. Entonces nos quedamos frente a frente con un solo día de separación entre ambos, igual que si yo hubiera estado de viaje, aunque no un viaje del todo normal: algo había ocurrido, se percibía cierta diferencia en comparación con otras veces, un trasfondo de inquietud en nuestro encuentro, y no obstante me sentía como si acabara de llegar a un lugar seguro, como si hubiera escapado a una desgracia, el incendio de un hotel, un accidente de tráfico o de tren, del que había salido ilesa. Me había librado de algún peligro y regresaba al hogar. Sentí mi cuerpo distenderse, que se atenuaba la molestia en el hombro, que el dolor de la mano pasaba a un segundo plano, y noté que la camisa de Thomas se mojaba por la lluvia que yo había traído al interior de la casa.

Después de pasar a la entrada y desprenderme de las botas, Thomas subió al dormitorio a por un jersey grueso para mí. Me llevé el bolso mojado al salón, saqué los libros, que afortunadamente la lluvia no había dañado, y los dejé sobre la mesa. Encontré prendas secas en el fondo del bolso, me cambié de ropa, sobre el vestido me puse el jersey que Thomas me había dado y me senté en uno de los dos sillones junto a la ventana. Thomas preparó té, trajo dos tazas al salón y se sentó en el otro sillón. Allí estábamos, cada uno en nuestro sillón con una mesa baja de por medio, aliviados tras habernos reunido. Hablamos del tiempo, de los libros, de Philip y Marie, de mi accidente con la estufa de gas y de la quemadura, que le mostré a Thomas levantando hacia un lado el apósito. Entonces se veía roja y supuraba, pero ya no me dolía especialmente, no en ese momento, sentada con calma en esa atmósfera cálida.

Durante la conversación hicimos malabarismos. Yo ponía gran cuidado en evitar palabras que entendíamos de forma distinta, como por ejemplo «ayer» o «anteayer», y decía «hoy», «el diecisiete» o «la tarde en la que visité a Philip», de ese modo pudimos conversar sobre mi viaje sin que hubiera apenas malentendidos.

Entregué a Thomas el sestercio romano. Le conté que lo había comprado esa mañana, mientras estuve en la tienda de Philip examinando la estufa sin utilizar. No se puede decir que Thomas sea un coleccionista en sentido estricto, su interés no se guía por el valor de las monedas ni por su rareza. Aun así, a lo largo de los años ha logrado reunir una pequeña colección singular —hasta donde yo sé, sin un criterio que indique qué objetos puede incluir en ella—, que guarda en una caja de cartón rígido y que no se compone exclusivamente de monedas, sino también de unos cuantos sellos, algún que otro grabado de pequeño formato y un par de libros ilustrados de bolsillo.

La colección, si puede denominarse así, es una de las pocas cosas que Thomas conserva de una época anterior a nuestro encuentro, aparte, por supuesto, de la casa, que heredó de su abuelo paterno un par de años después de que nos conociéramos, y el jardín, que sigue pareciéndose a aquel en el que Thomas jugaba de niño. Cuando tomamos posesión de la casa, estaba llena de cosas que Thomas había visto desde su infancia: los dos sillones, la alfombra con dibujos en blanco y negro en el suelo del salón, las tazas que se hallaban sobre la mesita que nos separaba, el escritorio del despacho de arriba, las herramientas del cobertizo, la estantería del salón y el antiguo equipo de música que todavía funciona. Los demás muebles proceden de mi piso en Bruselas, adonde Thomas se mudó poco después de conocernos. Se trajo algunos cajones con libros antiguos —el inicio de lo que más tarde sería T. & T. Selter— y su cajita con la pequeña colección de objetos, a la que pensé sin duda que el sestercio romano debía pertenecer.

Permanecimos sentados en el salón la mayor parte del tiempo. Yo había regresado. Estábamos juntos de nuevo. Allí, por la noche, con las tazas de té en el salón, el mundo volvía a ser prácticamente normal. Sin embargo, no era posible evitar la sensación de desasosiego que la alteración del tiempo conllevaba. En varias ocasiones abordamos el tema por diferentes caminos, pero no logramos hallar una explicación ni tampoco un remedio. Thomas pensaba que a lo mejor el problema desaparecía. Deseaba tranquilizarme, o bien quería tranquilizarse a sí mismo. En un momento dado dijo, como de pasada, que el tiempo tendría que retornar finalmente a su eterno movimiento de avance. Los seres humanos han tenido que contar siempre con algunas dislocaciones en la existencia: ríos que se desbordan, accidentes de tráfico, torceduras de tobillo, inviernos glaciales o sequías, y, en definitiva, dijo, ahora estábamos allí sentados como si nada hubiera pasado. No había habido muertos ni heridos.

Me sentía intranquila. Cuando nos fuimos a dormir, ya tarde, me llevé al dormitorio, como medida de precaución, los libros que había traído de París. Los puse a los pies de la cama antes de deslizarnos bajo el edredón y arrimarnos los dos, aunque no hablamos de nuestros planes del día siguiente como acostumbrábamos a hacer. Tal vez pensáramos que las probabilidades de que todo regresara a un tiempo normal serían mayores si fingíamos que no había pasado nada.

Enseguida noté que Thomas se estaba quedando dormido. Oía su respiración, vislumbraba el contorno de su rostro y creí apreciar que abrió los ojos por un breve instante. Ya no estoy segura de lo que vi entonces en la oscuridad, pero lo que recuerdo ahora es una mirada fugaz, que podría describir como de leve reproche, como si fuese yo, y no el tiempo, la que lo hubiera traicionado, desestabilizando su mundo.

Cerró rápido los ojos de nuevo, ignoro si se durmió inmediatamente, pero, poco después, una vez que me hube asegurado de que dormía, aflojé su brazo y, sin hacer ningún ruido, me deslicé hasta el borde de la cama.

Seguía intranquila. Podía sentir los libros a los pies de la cama y entonces, de manera impulsiva, tomé de la pila que había allí *Histoire des Eaux Potables* y *The Heavenly Bodies* para ponerlos bajo mi almohada antes de dormirme yo también.

A la mañana siguiente me desperté antes que Thomas y, en un primer momento, todo me pareció normal. Sentía el roce de las sábanas sobre la piel, a Thomas a mi lado. Percibía la frialdad del aire y la tenue luz que entraba por la ventana. Así permanecí durante un rato. Puede que durara unos minutos, o a lo mejor solo fueron unos segundos, aquella sensación de encontrarme en una mañana enteramente corriente, la tan familiar sensación de cotidianidad. Era por la mañana. Me había despertado. Thomas dormía.

Pero poco después cobré conciencia de que no se trataba sin más de estar despierta en la cama junto a Thomas una mañana cualquiera. Al principio sentí simplemente cierta inquietud que me indicaba que no todo encajaba, una sensación de que algo se me había olvidado o pasado por alto, y solo cuando noté los libros bajo la almohada caí en la cuenta de lo que me producía dicha intranquilidad. Con los libros se colaron en mi mañana los pormenores del dieciocho de noviembre, y de inmediato recordé mi estancia en París, donde me desperté en un nuevo día dieciocho de noviembre, en lugar del diecinueve como habría sido de esperar, que regresé bajo la lluvia, que estuve hablando con Thomas, quien en ese instante dormía en la cama junto a mí, y que puse dos libros bajo la almohada antes de dormirme, los mismos que acababa de encontrar. Busqué al tacto los otros tres libros a los pies de la cama y allí estaban, los junté todos y cuidadosamente trasladé la pila de la cama al suelo. Encontré un jersey sobre el respaldo de una silla, me lo puse encima del camisón y bajé a la cocina.

Aún no se sabía cuál era la situación. Podía ser el día dieciocho, podía ser el diecinueve... o a lo mejor incluso el veinte de noviembre. No lo sabía, y tampoco tenía ninguna prisa en averiguarlo. Preparé el desayuno. Cocí huevos, tosté pan, preparé una ración de muesli que coloqué en dos cuencos sobre una bandeja. Había un par de manzanas del jardín en un bol sobre la encimera; cogí una, le quité las manchas oscuras y la corté en dados, que repartí por encima de los cuencos con muesli. Estiraba el tiempo. Hice café, pero me entraron dudas y preparé también té. Busqué tazas y platos, cuchillos y cucharas. Saqué mantequilla, queso, mermelada, miel, leche y apilé todo ello en la bandeja, que se llenó hasta los bordes. Subí por las escaleras con la bandeja, la deposité en el descansillo y volví a bajar para ir en busca del café y el té, los llevé arriba, los dejé en el descansillo, alcé de nuevo la bandeja con el desayuno y la metí en el dormitorio.

Cuando entré con la bandeja, Thomas estaba despierto. Su asombro resultaba evidente. Para él era dieciocho de noviembre, no por segunda ni tercera vez, sino por primera vez. El día anterior había sido diecisiete y el siguiente sería diecinueve, día en el que yo volvería de mi viaje. Le sorprendía que hubiese regresado ya y apareciera en el dormitorio con una bandeja de desayuno repleta.

Coloqué la bandeja en la cama, salí al descansillo a por el café y el té y los deposité en la mesilla antes de sentarme en la cama con Thomas. Le puse al corriente de mi estancia en París, de mi regreso a casa y nuestra noche juntos. Él comprobó en su teléfono fechas y horas, y lo único que constató fue que eran las 9.07 del dieciocho de noviembre. Vio que habíamos hablado el día diecisiete, pero ni rastro del dieciocho, y él tampoco recordaba nada. Ni conversaciones telefónicas, ni llegadas, ni abrigos o paraguas mojados acudieron a su memoria. No había en ella libros que yo hubiese traído a casa ni charlas cautelosas o frases tranquilizadoras. Veía asomar el desasosiego en sus ojos mientras le contaba que caminé bajo la lluvia desde la estación hasta casa, que él me vio por la ventana de la cocina e inició un saludo que no concluyó porque cambió de dirección. Le mostré el movimiento que él hizo con la mano, le dije que nos habíamos encontrado en la puerta y que todo era prácticamente como de costumbre; me apresuré a subrayar que ya había regresado y que estábamos juntos, sentados los dos en la cama con una bandeja de desayuno, que no había habido muertos ni heridos. A decir verdad, los trozos de manzana de los cuencos de muesli empezaban a oscurecerse y las bebidas calientes habían entregado una parte de su calor al aire matutino, pero eso era todo. Estábamos allí los dos, podíamos desayunar juntos y pasar el día en compañía del otro.

Mientras comíamos fuimos abordando con cautela la pregunta acerca de lo que había sucedido. Thomas dudaba. Opinaba que debíamos esperar a ver qué pasaba. Creo que necesitaba tiempo para hacerse a la idea. O puede que albergara la esperanza de que desaparecieran súbitamente mis recuerdos acerca de los dos anteriores dieciocho de noviembre y surgiera una explicación más aceptable de mi regreso a casa. Sin embargo, yo ya sabía cómo transcurriría la jornada. Se trataba del mismo día, el tercero de ellos.

Tras el desayuno, Thomas comprobó la fecha en el ordenador del despacho, leyó las noticias, consultó la previsión del tiempo y los avisos de emergencia, pero todo apuntaba a que era un dieciocho de noviembre enteramente corriente. Poco después sugirió que saliéramos a dar una vuelta, hacer alguna compra y puede que incluso bajar hasta el río. Opiné que sería preferible esperar a la tarde, cuando el cielo aclarara, tal y como Thomas me dijo que ocurriría, aunque, por las previsiones meteorológicas, no parecía que fuera a ser así; a las tres y cuarto paró de llover por completo, las nubes empezaron a dispersarse y salió el sol. Nos abrigamos y, sin olvidar el paraguas, fuimos a dar uno de nuestros habituales paseos por el bosque hasta el río. Bajamos al antiguo molino de agua y seguimos el sendero que bordea el río, el cual aún no se había desbordado a pesar de la cuantiosa lluvia caída durante el mes de noviembre. Continuamos a través del bosque y llegamos al pueblo, donde compramos en el mercado antes de volver a casa.

Yo había reunido los cinco libros que me traje de Burdeos y París y los había metido en una mochila que suelo utilizar cuando voy a la compra. Lo hice intuitivamente, como una medida de seguridad que no fui capaz de justificar del todo ante Thomas. Tenía la sensación de que los libros desaparecerían si no los conservaba conmigo y rechacé de plano el ofrecimiento de Thomas de llevarlos. Mientras cruzábamos el pueblo de regreso a casa, no pude evitar mirar a través de los cristales el calendario en la pared del banco y, al pasar junto a un cajero automático, me detuve a comprobar qué fecha mostraba. En la oficina de correos de la rue Pareillet tuve que consultar la fecha en la pantalla de la máquina expendedora de sellos, como si buscara una fisura en las múltiples señales de que el día se repetía. Sin embargo, en todos los sitios figuraba la misma fecha. No cabía duda. Era dieciocho de noviembre por tercera vez.

Las nubes empezaron a amontonarse. El cielo gris claro, que ocasionalmente se había abierto para dejar ver trozos de azul, se estaba oscureciendo. Durante el camino de regreso nos cayó alguna gota, pero llegamos a casa antes de que se pusiese a llover en serio. Poco después, una vez que el cielo ya se hubo oscurecido por completo y llovía a cántaros, vimos cómo nuestro vecino se apresuraba a lo largo de la cerca al final del jardín, doblaba la esquina y corría hacia su casa, para a continuación abrir su verja y desaparecer. Saqué los libros de mi mochila y los dejé sobre la mesa del salón; cuando la lluvia remitió, Thomas trajo leña del cobertizo y encendió la chimenea.

Hicimos el amor en el suelo del salón. Siempre hemos tenido necesidad de pasar tiempo juntos. No somos de esas parejas que precisan estar lejos, echarse de menos y redescubrirse, marcharse y volver a encontrarse en un choque de amor. No es la distancia, las despedidas ni el reencuentro lo que nos une. Nuestra tónica ha sido siempre estar juntos, día tras día y noche tras noche, una y otra vez. Entre nosotros surge una conexión, un campo de fuerza que se intensifica según va transcurriendo la jornada, de forma que súbitamente, y por lo general al final de un largo día juntos, nos vemos quitándonos la ropa el uno al otro. En aquel momento, yacíamos en el suelo, sobre la alfombra con dibujos en blanco y negro, mientras fuera seguía lloviendo.

Nuestro amor ha pertenecido siempre al ámbito microscópico. Hay algún componente de las células, algunas moléculas o compuestos que, fuera de nuestro control, se combinan por su cuenta en el aire circundante, ondas sonoras que forman armonías únicas cuando hablamos. Ocurre en el nivel atómico o de partículas todavía más pequeñas. No nos separan abismos ni distancias. Es algo muy distinto, una especie de vértigo en las células, alguna forma de electricidad o magnetismo, o puede que sea de tipo químico, no lo sé. Se trata de algo que nace en el espacio que media entre los dos, un sentimiento que se intensifica cuando nos encontramos en mutua compañía. Tal vez constituyamos un sistema meteorológico con su condensación y evaporación: estamos cerca, nos miramos, nos rozamos, nos condensamos, nos juntamos, hacemos el amor, dormimos, despertamos y volvemos a nuestra singular relación, un pacífico sistema meteorológico sin catástrofes naturales. Mejor dicho, un sistema meteorológico que hasta el dieciocho de noviembre no había registrado cataclismos.

Por la noche, me llevé los libros y los coloqué a los pies de la cama. Me asaltaron las dudas, cambié de parecer y, como medida de seguridad, trasladé de nuevo *Heavenly Bodies* y *Les Eaux Potables* bajo la almohada. Después de toda la jornada seguían intactos, pero no me apetecía hacer experimentos. Ya al comienzo del día me di cuenta de que el sestercio romano no estaba, pero no se lo mencioné a Thomas, quizá porque esperaba que apareciese por algún sitio. Lo había buscado en los lugares más obvios: mi bolso, la mesa del salón, el escritorio del despacho, sin encontrarlo.

Le conté a Thomas lo del sestercio. Naturalmente, él no recordaba qué habíamos hecho con él la noche anterior, y entonces empezamos a buscarlo en todos los lugares donde cualquiera de los dos podía haber puesto una moneda romana. Lo primero que hizo Thomas fue comprobar si lo había añadido a la colección que guardaba en el despacho, pero allí no estaba; tampoco lo tenía en un cajón, ni lo había olvidado en la esquina de una estantería o dejado en el alféizar de la ventana del dormitorio.

Yo estaba convencida –y todavía lo estoy– de que regresó a la tienda de Philip Maurel, de la misma manera que los libros regresaron a sus correspondientes estanterías la primera noche. He sopesado si volver a París para comprobarlo, pero por el momento seguiré donde estoy ahora. Ni voy a ir a París ni tampoco al encuentro de Thomas, quien hace unos minutos ha subido al despacho y bajado de nuevo poco después para regresar al salón con un bloc de notas, en el que anotará comentarios acerca del libro que está leyendo. Es de noche. Un nuevo dieciocho de noviembre va a llegar a su fin. He permanecido sentada junto a la ventana la mayor parte del día, en el interior de una habitación que proyecta su luz sobre el jardín mojado, y no tengo intención de marcharme a ningún lado.

Por supuesto, no encontramos el sestercio. Mientras yo registraba la cómoda del dormitorio por segunda vez, Thomas, sentado en la cama, intentaba comprender la mecánica del dieciocho de noviembre, pero no resultaban evidentes las reglas que lo gobernaban. Desaparecían cosas, pero no todas. Mi bolso y mi ropa no, ni tampoco los libros del día diecisiete, e incluso los dos que adquirí el dieciocho –que inicialmente se esfumaron de mi habitación en el Hôtel du Lison y yo había recuperado luego– seguían con nosotros. Habían permanecido bajo mi almohada por la noche y sido vigilados durante todo el día, y allí estaban aún. Por el contrario, el sestercio no aparecía por ningún lado.

Cuando poco después me giré hacia Thomas, en mitad de una larga charla sobre las irregularidades del tiempo y la relación de los pormenores del día, pareció que de pronto la situación le divertía, como si, tras haber tenido todo el día para hacerse a la idea, ahora empezase a considerar el extraño comportamiento del tiempo una broma que hubiera entrado en nuestra vida. Al meterme a su lado bajo el edredón, vi que el desasosiego que había percibido en él por la mañana había desaparecido y había sido sustituido por una repentina alegría, y antes de que nos tumbáramos pronunció un breve discurso –a modo de precaución, dijo él– dirigido en primer lugar a los libros que descansaban bajo mi almohada y luego a los que estaban a los pies de la cama, a los que les rogó que se quedaran un poco más; a continuación se tendió en la cama junto a mí, me abrazó y también a mí me pidió que me quedase hasta el día siguiente, fuera el día que fuera, o, mejor aún, hasta el otro día siguiente –y preferiblemente para siempre, en realidad–. Se durmió enseguida y yo misma debí de quedarme dormida unos minutos más tarde.

La evocación de instantes como esos provoca que, algunas veces, me levante y vaya a la puerta que comunica con la entrada. Sin embargo, no llego a abrirla, porque, justo entonces, pienso que primero habré de explicar mi presencia e informar de 122 días hasta ahora, que de nuevo veré el desasosiego en la mirada de Thomas y tendré que añadir de inmediato que no hay muertos ni heridos, que únicamente se ha roto el tiempo; por eso me detengo a pesar de todo y permanezco aquí dentro. Nos llevaría la noche entera antes de que empezáramos a verle el lado cómico a lo absurdo de la situación. Como si dicha alegría yaciera en lo más profundo y solo atravesando capas de inquietud y duda, preguntas y falta de respuestas, lograra emerger hasta la superficie, al modo quizá de burbujas de gas que hubieran quedado atrapadas en permafrost y necesitaran tiempo hasta que se produjera el deshielo.

Empiezo a hacerme a la idea. Me encuentro atrapada en un día concreto de noviembre, pero estoy en casa, con Thomas sentado en el salón enfrascado en el cuarto capítulo de la obra de Jocelyn Miron *Lucid Investigations*. No creo que en este preciso instante piense en mí, pero, de ser así, dará por supuesto que me hallo en el Hôtel du Lison o con Philip Maurel en su tienda. No espera una llamada mía esta noche, sino mañana temprano, o puede que más tarde, una vez que yo haya visitado a Nami Charet en Bibliotèque 18 y vaya en el tren de regreso a Clairon. Cuento con que Thomas seguirá leyendo todavía un rato, dejará de vez en cuando el libro para escribir un par de anotaciones en su bloc, finalmente quitará la hoja del bloc y la meterá en el libro tras el capítulo cuarto. Cuento con que, a continuación, apagará la luz del salón, comprobará que las puertas están cerradas −primero la principal, después la trasera−, apagará la luz de la entrada, subirá las escaleras y se acostará en el dormitorio superior. Y me imagino que, en breve, apagaré la luz de la habitación, me iré a dormir y al día siguiente, cuando despierte por la mañana, será el dieciocho de noviembre # 123.

123

A la mañana siguiente –que pertenecía a mi cuarto dieciocho de noviembre– fue Thomas quien se despertó en primer lugar. Sentí su mano en mi hombro, percibí la alegría de su voz y un ápice de perplejidad al preguntarme que cuándo había llegado y cómo podía haber regresado ya si la noche anterior estuve charlando con él desde el hotel en París. Me senté en la cama y después de unos segundos recordé lo sucedido. Repitió la pregunta y, por un breve instante, creí que hablaba de nuestra conversación tras mi visita a Philip Maurel, pensé que súbitamente se había acordado de su primer dieciocho de noviembre, pero no, se refería al día diecisiete. Lo que recordaba era la charla que mantuvimos antes de que yo me fuese a acostar en el hotel la noche que llegué de Burdeos. Thomas había vuelto a despertarse un dieciocho de noviembre por vez primera, sin tener noción de todo lo ocurrido en medio. Su lluvioso día de noviembre en Clairon-sous-Bois había desaparecido, al igual que nuestra conversación telefónica tras mi visita a Philip Maurel. Se había borrado mi llegada el segundo dieciocho de noviembre. En su memoria no figuraba el desayuno en la cama del tercer dieciocho de noviembre, tampoco las charlas que mantuvimos a lo largo del día, nuestro paseo por el pueblo, el encuentro sexual sobre la alfombra del salón, la búsqueda del desaparecido sestercio romano ni el discurso que pronunció en la cama ante los libros. Era dieciocho de noviembre por cuarta vez y en aquel momento ya supe que aquel día tampoco iba a permanecer en su recuerdo.

Volví a contarle a Thomas lo sucedido y de nuevo vi cómo la alegría de sus ojos por mi retorno se transformaba en inquietud. Y una vez más intenté responder a las preguntas que me formulaba sin que yo pudiera ofrecerle una explicación razonable.

Los días sucesivos me desperté con esa misma sensación indefinida de cotidianidad, como si fuera la mañana siguiente a mi regreso. En alguna ocasión me despertó Thomas, sorprendido por encontrarme a su lado profundamente dormida, pero, por lo general, era yo la que se despertaba primero. Tardaba en espabilarme. Al principio, sumida en un estado intermedio entre el sueño y la vigilia, mi conciencia nebulosa se reducía simplemente a una sensación hogareña, un despertar cuyo contenido aún no había tomado forma plena, teñido en algunos momentos de la sensación de que todo era como de costumbre. Similar a las mañanas en las que amaneces en habitaciones ajenas y crees que estás en tu propia cama hasta que te das cuenta de que la puerta se halla en otro lugar, no reconoces las sábanas y el cuarto es diferente. O como esas mañanas de la infancia que parecen pertenecer a días normales y de pronto resulta que es Navidad o tu cumpleaños. O lo contrario, te desperezas y crees despertarte en una mañana corriente hasta que recuerdas un problema y una preocupación que habían desaparecido durante la noche.

Así comenzaban los días: en una mañana indeterminada. Con la luz gris penetrando por la ventana. Con el sonido de los pájaros y de la lluvia, el roce de las sábanas sobre la piel, el débil murmullo del viento en los árboles, un suave soplo en la mañana. Lo recuerdo como un mundo sin apenas profundidad de campo, no como en los sueños, sino parecido más bien a tener una parte de la conciencia obstruida: estás despierto, percibes el mundo a tu alrededor, ves y oyes, pero como si lo hicieras desde alguna clase de puesto de escucha donde únicamente pudieras captar aquello que se encuentra muy cerca, mientras que todo lo demás pasa a un segundo plano y se desvanece, como si el día quisiera llegar desnudo, neutro, sin características particulares. Una mañana sin más, la mañana más simple que es posible imaginar.

Dura unos instantes. Floto en el interior de la niebla matutina, noto la habitación donde me encuentro, percibo el movimiento de Thomas, durmiendo o a punto de despertarse, mi brazo al extenderse, la luz de la mañana, los muebles del cuarto, la puerta que da a la escalera, y, poco a poco, los detalles empiezan a emerger, la memoria se instala, recuerdo lo que ha pasado, que el tiempo se ha roto pero que los días se suceden. Cinco, seis, siete días, ocho, diez o doce, entonces comprendo que una vez más mi mañana tiene agujeros y que va a volver a ser dieciocho de noviembre.

Ignoro lo que ocurre. Si el tiempo se extingue por la noche, el pasado y el futuro desaparecen durante el sueño y no vuelven a ser convocados hasta el despertar. O si las palabras se suprimen y entonces las cosas solo poseen contornos. Quizá sea el lenguaje el que se clausura, de modo que despertamos sin palabras, o únicamente con aquellas referidas a lo más próximo: mañana, ahora, aquí, despierto, luz. A lo mejor despertamos sin frases. O con las frases más sencillas que se puedan formar mientras estamos despertando. Es por la mañana. Esto es un día. Me he despertado.

Lo ignoro, pero todas las mañanas sucedía lo mismo. Me despertaba en la cama junto a Thomas con la luz grisácea penetrando a través de la cortina, con el tacto de las sábanas y un débil sonido de lluvia y viento, envuelta en una sensación difusa de mañana que paulatinamene se convertía en un nuevo dieciocho de noviembre.

Despertaba a Thomas con delicadeza. Lo retenía en ese instante todo lo que podía, antes de que su memoria emergiera también y se acordase de que yo estaba en París —o, mejor dicho, de que yo debería estar en París— y comenzara a extrañarse.

Susurrando le contaba lo ocurrido. Notaba su desasosiego. Si lo miraba, asomaba a sus ojos una mirada punzante que yo conseguía suprimir ligeramente cuando apartaba la vista, me aproximaba más a él y le susurraba que no había sucedido nada. O casi nada. Que solo era una fractura en el tiempo. Pero que yo había regresado y estábamos juntos, sin que hubiera habido muertos ni heridos, ni ninguna tragedia, accidente o catástrofe, ni ambulancias ni entierros. Incluso mi quemadura se iba curando poco a poco.

Thomas jamás dudaba de mi historia y tampoco tenía por qué hacerlo. Yo podía decirle cuándo iba a parar de llover y el momento en el que comenzaría de nuevo, podía informarle de que el cartero pasaría por allí a las 10.41 bajo una ligera lluvia, describir el modo en el que, poco después, un mito revolotearía alrededor del manzano, y era capaz de predecir que a las 17.14 veríamos aparecer a nuestro vecino caminando a lo largo de la cerca al final de nuestro jardín trasero bajo una tromba de agua y que luego giraría a la derecha para continuar por el sendero entre nuestra casa y la suya. Desde la ventana del despacho se le podría ver abrir la puerta de su verja, entrar y pisar las baldosas, sortear un charco que se habrá formado en un hoyo donde se juntan cuatro baldosas, apresurarse hasta llegar a la puerta posterior y abrirla con una llave que llevará preparada en la mano, puesto que la habrá sacado del bolsillo durante su recorrido a través de la lluvia.

Fueron días extraños. Nos despertábamos por la mañana, dábamos paseos y tomábamos café en algún momento del dieciocho de noviembre. La mayor parte del tiempo nos prestábamos una atención desmesurada, propia de recién enamorados o miopes. Hacíamos desaparecer el horizonte. Buscábamos ese estado de desvanecimiento, que la distancia entre los dos se disolviese en la niebla. Convertimos el desvanecerse en una parte del día. La luz que nos iluminaba era una aturdida confusión grisácea.

No creo que se tratara de un acto voluntario, aunque poco a poco, de manera casi imperceptible, conseguí prolongar mi sensación de mañana neutra e indeterminada. La condensaba, intensificaba ese despertar de luminosidad gris, y cada mañana era capaz de conservar en mí esa sensación durante más tiempo a lo largo del día. Al cabo de pocas mañanas ya lograba retener el instante lo suficiente para poder incluir toda la habitación circundante: las sábanas y el cuerpo de Thomas junto a mí, la pared de detrás de la cama y el armario al fondo de la habitación, una silla con ropa, la luz matutina, el débil ruido de alguna pieza de la chimenea que golpeaba con el viento. Son los sonidos hogareños de una mañana cualquiera aún, espaciosa y abierta, en el interior de la cual se desliza algún que otro pedacito de mundo para disolverse mientras yo estoy tendida en la cama: una breve secuencia de cantos de pájaro, un mirlo que desafía el tiempo gris o un petirrojo que canta durante una pausa que hace la lluvia; al principio se oyen tres o cuatro notas, después seis o siete, luego ocho, y todo ello se disuelve en mi niebla a medida que aparece.

Tenía que consistir en algún tipo de entrenamiento inconsciente para desenfocar, el tono con el que empezar el día. Recuerdo el sosiego de mañanas enteras bajo una luz suave. Recuerdo una niebla que nos acompañaba buena parte del día. Caminábamos a través de un paisaje nebuloso, del que únicamente emergían los contornos de las cosas. No necesitábamos saber si las criaturas que veíamos pertenecían a una u otra especie, si por el camino nos encontrábamos con árboles o arbustos, si pasábamos junto a casas o se trataba de pequeños establos.

También podíamos estar bajo el agua, haber descendido al fondo del mar, ser un par de buzos que exploraban cuidadosamente el entorno, señalando a los peces, restos de un naufragio o ruinas olvidadas. Con gestos y señales indicábamos al otro objetos para examinarlos más de cerca, recogíamos algo y lo volvíamos a dejar. Nuestras investigaciones se caracterizaban por una rareza silente de la que no queríamos desprendernos.

O quizá éramos náufragos que el mar había empujado a tierra firme. Aturdidos, en una costa desconocida, asombrados por la inesperada salvación, completamente maravillados por seguir vivos, pero sin saber lo que nos esperaba cuando comenzásemos a explorar la costa.

Ahora recuerdo esos días como los más felices que haya vivido jamás. Me sentía amada. Me sentía amada en el sofá del salón y sobre el suelo. Me sentía amada en la cama y cuando nos sentábamos a cenar a la mesa por las noches. No se trataba de algo inusual ni diferente a lo anterior al dieciocho de noviembre, pero sí más potente y sin que tuviéramos obligaciones que cumplir. Era un tiempo que no huía de nosotros. Se parecía a la época en la que acabábamos de conocernos, solo que más intensa, y puede que también –al menos así lo pienso ahora– con un trasfondo de callada desesperación, aunque nosotros no lo viéramos así. Sentíamos la piel electrizada y la convergencia de nuestras frases al hablar. Había algo en el espacio entre nosotros, una condensación, una red de conexiones. Me sentía comprendida. Decía frases que eran escuchadas y escuchaba las palabras dichas.

Vivíamos en dos tiempos diferentes, simplemente eso. Eran dos tiempos cuyos márgenes se habían desbordado. Y en algún punto los ríos se encuentran y corren juntos. Algo así como una especie de Mesopotamia del tiempo, donde Éufrates y Tigris no son sino dos maneras distintas de nombrar el agua. Nos encontrábamos a gusto en Mesopotamia.

Adquirimos cierto ritmo. Nos despertábamos por la mañana. Yo justificaba mi presencia. Thomas escuchaba, se preocupaba, empezaba a hacerse a la idea. Salíamos durante las pausas de los chaparrones o dábamos paseos junto al río en las primeras horas de la tarde. A veces, Thomas veía de pronto el lado cómico de la situación al final del día y empezábamos a fantasear acerca de las consecuencias de un tiempo que no podía mantenerse unido. Escuchábamos el viento y la lluvia contra el cristal, o salíamos fuera a la oscuridad. Sacábamos libros de la biblioteca en la rue du Vieux Moulin acerca de universos paralelos y mundos múltiples. Leíamos historias sobre pliegues, bucles y laberintos de tiempo. Veíamos películas de viajes en el tiempo y desplazamientos cronológicos. Leíamos en voz alta, argumentábamos, fantaseábamos, esperando que aquello dotara de sentido al tiempo. Nos perdíamos en explicaciones más intrépidas: ¿sería el sestercio romano, el amor o la quemadura lo que había abierto la puerta a otro tiempo? ¿Se podría encontrar una explicación natural o intervenían fuerzas desconocidas?

No sé si puede decirse que buscáramos una explicación. Dábamos vueltas. No nos faltaban propuestas, ideas y peregrinas ocurrencias. Nos movíamos en una nube de teorías, observaciones y modelos explicativos. Esto ocurría a menudo al declinar la tarde o por la noche, cuando Thomas ya se había hecho a la idea, sentados a la mesa de la cocina el uno frente al otro, tumbados sobre el suelo del salón o la cama, después de haber cenado o hecho el amor. Nuestra investigación se hallaba en continua transformación, casi como una especie de baile que nos condujera por toda la estancia, una inocente polca de conocimiento algo patosa, un vals de perplejidad, un alegre ballet de descubrimiento, unos pasos de claqué agotadores entre los hechos y las observaciones, un tango averiguador de dos bailarines que recorren palmo a palmo la habitación sin buscar una salida ni un lugar de reposo.

Observábamos las cosas. Oíamos las ramas contra el cristal, una maceta rodando con el viento vespertino, la lluvia que arreciaba y cesaba, carteros, vecinos y niños que pasaban por el camino. Comprábamos cosas durante el día y comprobábamos que a la mañana siguiente tanto podían seguir estando como no, puesto que en ocasiones desaparecían durante la noche. Constatábamos irregularidades que luego no nos deteníamos a investigar. Paquetes de pan o galletas que acabábamos de comprar se esfumaban por la noche y volvíamos a encontrarlos al día siguiente en el supermercado, cuando el día anterior nos habíamos llevado el último del estante. Libros que tomábamos en préstamo de la biblioteca regresaban a sus estanterías a lo largo de la noche. Había ropa que desaparecía, por ejemplo, un par de pantis que nunca llegué a ponerme porque ya no los hallé a la mañana siguiente. Comprobábamos repeticiones y rarezas. Observábamos, nos asombrábamos, pero no por mucho tiempo cada vez, y no creo que quisiéramos hallar una explicación. Estábamos dispuestos a admitir la teoría que fuera siempre que describiera nuestra situación con un mínimo de exactitud, y preparados para abandonarla en cuanto nos topáramos con una nueva.

Descubríamos patrones que luego no nos deteníamos a investigar. Encontrábamos irregularidades que nos asombraban pero que volvíamos a olvidar. Lo recuerdo como si aquello fuera una empresa común, pero se trataba de mis patrones y mi asombro, ya que al día siguiente Thomas había olvidado nuestros descubrimientos y el día comenzaba desde el principio. Se trataba de pequeños hallazgos y rápidas explicaciones. No acumulábamos saber, puesto que todo lo que hallábamos lo guardaba yo en la superficie de mi memoria, de manera que podía desecharlo con facilidad en el olvido común y recuperarlo con facilidad cuando la cuestión volvía a presentarse.

Con frecuencia concluíamos con la mera constatación de que no se puede saber todo, que no hay más remedio que admitir ciertas dislocaciones en la existencia, que siempre hay que contar con las irregularidades; y eso era lo que nos encontrábamos: patrones e irregularidades, dos mundos que intentaban encajar el uno en el otro.

Aquello duró unas semanas. O bien duró un número de días que correspondían a unas cuantas semanas. Tal vez unos sesenta y tres días. Sesenta y cuatro. O sesenta y cinco. No lo sé. No recuerdo exactamente cuándo empezó a tomar otro camino.

Yo había ido contando los días, pero cada uno no era más que una simple señal en un pequeño bloc de notas que tenía en la cocina. Al principio comentábamos el número de días y las rayas en el bloc, pero este pronto acabó guardado en un cajón de la mesita de comer de la cocina. Elegía algún momento del día en el que me hallaba a solas para abrir el cajón, sacar el bloc y anotar una señal, luego lo cerraba y lo metía de nuevo en el cajón. Ya no hablábamos del número de días. No podíamos permitir que estos se interpusieran entre nosotros, de modo que mantuve la distancia encerrada en un cajón de la cocina.

Poco a poco retornó la claridad. Mantenerse allí se volvía más difícil. La niebla se disipaba. O tal vez los buzos regresaban a la superficie. Los náufragos ya se habían aprendido la costa. Los días ganaron nitidez. No durante los primeros segundos. Mi mañana comenzaba como antes. Notaba la habitación en torno a mí, un día que se desplegaba, aún lograba mantenerme anclada a la sensación de una nebulosa mañana gris que incluía unas pocas notas del canto de los pájaros, cuatro o cinco, más adelante tan solo tres o puede que dos, no mucho más, antes de que mi instante se quebrara y lo recordara todo, de que mis pensamientos ya recorrieran la habitación palmo a palmo, llegaran al alféizar de la ventana y salieran a la mañana, a los pájaros del árbol, las casas y las calles, donde todas las personas, una tras otra, iban ingresando en el dieciocho de noviembre, en un patrón rigurosamente establecido, convencidos de que se hallaban en ese día por primera vez.

Mi mañana adquirió profundidad y un horizonte diáfano. Aunque yo no deseaba tener horizonte. Quería una luz matutina grisácea y un día que comenzase sin tiempo, sin memoria ni proyectos, pero eso ya no era posible. Unas pocas notas de un pájaro en noviembre, una habitación bien definida y un día que no se puede detener. Había claridad en el ambiente y, en lugar de una vaga percepción de la ropa de cama, el cuarto y la suave luz matutina, las cosas se habían convertido en los objetos del dieciocho de noviembre, la nítida utilería del día. Thomas, tumbado a mi lado, ya no era mi marido durmiendo en una mañana indeterminada, sino el marido al que iba perdiendo día tras día, el amado que aún no había perdido y con cuya mirada de asombro tenía que volver a encontrarme, porque no se trataba de una mañana corriente ni yo era ya Tara a medio despertar, difusamente viva y serenamente feliz, sino Tara regresando a un tiempo destrozado, y que en breve tendría que explicar una vez más a Thomas lo que había ocurrido. Me vería obligada a ser testigo de su inquietud y enseguida añadir que no debía preocuparse, que ahora nos encontrábamos allí juntos, que no había habido muertos ni heridos. Que me hallaba en casa sin que me hubiera pasado nada, que estábamos vivos y que únicamente se había roto el tiempo.

Me faltaba mi niebla matutina. El día aparecía nítido, en color y completamente vestido, en ocasiones desde el mismo instante en el que me despertaba, otras veces tras unos momentos; en todo caso, ya no podía hacer nada para retardarlo. Comenzaba el día dieciocho de noviembre # 68, # 69, # 70, # 71.

Finalmente la claridad resultó demasiado arrolladora. No había ninguna circunstancia atenuante. Cuando intentaba contarle a Thomas lo sucedido, mis explicaciones sonaban embarulladas e insuficientes. Trataba de decirle que no había habido muertos ni heridos. Que la quemadura estaba curada, que solo quedaba una pequeña cicatriz roja. Que no se inquietara. Pero mi voz ahora dejaba traslucir cierto desasosiego. Yo había empezado a ver con mayor nitidez, comenzaba a buscar explicaciones, no existía ya niebla alguna en la que ocultarse. Me sentía inerme y también sola.

Entonces me vine aquí. Fue una de esas mañanas en las que me desperté con la certidumbre inmediata de lo que había sucedido. Amanecí en la consabida habitación con la misma luz grisácea, la tranquila lluvia matutina, los pájaros fuera cuyos cantos otoñales en breves secuencias conocía, pero todo ello destacaba sin el filtro protector de la duermevela. Debió de ser el día # 76, porque apunté en mi bloc de notas la señal diaria con un bolígrafo que encontré sobre la mesa de la habitación de invitados, la habitación que da al jardín, al manzano y a una leñera.

76 días eran muchos. La distancia resultaba excesiva. De pie en la cocina sujetando el bloc de notas comprendí que había demasiados días entre nosotros. Busqué el lápiz que solía estar en el cajón junto con el bloc, pero no lo encontré. Me quedé mirando la larga fila de rayas en el papel y de repente me fue imposible buscar otro lápiz, poner una nueva señal, volver a dejar el bloc en el cajón, despertar a Thomas y decirle que yo había regresado, que no había habido muertos ni heridos, que únicamente se interponían unos días entre nosotros. No pude continuar con nuestras repeticiones. La niebla se había disipado, el paisaje aparecía nítido ante mí, y no nos despertábamos en el mismo día.

Reuní las cosas que pudieran delatarme. Me llevé los libros y mi ropa del dormitorio y bajé sigilosamente las escaleras. Sin apenas hacer ruido, recogí la cocina, fui a por una botella de plástico vacía que había permanecido en mi bolso desde mi llegada, la enjuagué y la llené despacio con agua del grifo. Junté los libros y los guardé en mi bolso, tomé de la mesa de la cocina el bloc de notas con todas mis rayas y me colgué el bolso del hombro. La casa se hallaba en silencio. Con sumo cuidado atravesé la entrada, me llevé mi abrigo y mis botas, abrí la puerta de la habitación de invitados, entré y cerre la puerta tras de mí.

Estuve tumbada en la cama durante cinco días. Ignoro lo que pasó, pero lo juzgo como un prolongado cuestionamiento machacón que tuvo lugar en aquel cerebro que había empleado todas sus fuerzas en mantenerse anclado a la indeterminación de la mañana, un feliz estado nebuloso. Recuerdo aquello que sucedió en mi mente como una especie de enloquecida racionalidad intuitiva, sin dirección ni pausas, una carrera desbordada de la conciencia en torno a pormenores y patrones, una incesante revisión de datos técnicos, enumeración de hechos, una intensiva recolección de acontecimientos y recapitulación de lo sucedido durante todos los días que había pasado en el dieciocho de noviembre.

Era como si todas las consideraciones que Thomas y yo pudiéramos haber hecho, todas las reflexiones que dejamos perderse en la niebla, irrumpieran entonces precipitándose unas sobre otras, postrándome en una especie de delirio racional. El cuestionamiento que yo había apartado se instaló enteramente por cuenta propia para recuperar información de los días que yo había pasado con Thomas.

Como ya conocía el desarrollo del día fuera de casa, con su tiempo atmosférico y sus sucesos, recuperé de mi memoria datos del paso de la gente por las calles, recordé los movimientos de los pájaros, el sonido del aire en las ramas, la lluvia que aminoraba y arreciaba, el ruido de una maceta rodando con el viento sobre las losas de piedra en la esquina de la casa.

Ahora se añadían nuevos datos. Al mismo tiempo que mi memoria trabajaba sin descanso, mi cerebro recolectaba sonidos de una serie de días completamente iguales, de una persona moviéndose por la casa, pasos en el suelo y las escaleras, apertura de cajones, un crujido de bolsas, el roce de una mano o una manga contra la pared, el zumbido de las tuberías de agua, el abrir y cerrar de puertas. Era una recolección de movimientos, una acumulación de detalles, de los patrones del día, y todo ello insertado en un cuestionamiento incesante, una trituradora lógica, una especie de fiebre fría, la actividad de un cerebro en libertad que organizaba y razonaba sin mi concurso, casi como un procesamiento de datos sin injerencia humana. Había partes del cerebro que trabajaban constantemente, como si estuviera teniendo lugar un proceso de construcción casi doloroso, que fracturaba el día, sacaba información de las superficies fracturadas y las ensamblaba para construir un patrón, un nuevo universo.

De vez en cuando me sobrevenía un agotamiento casi total, que de repente se apoderaba de mí y me sumía directamente en un profundo sueño del que volvía a despertarme sin que pareciera haber soñado y del que pasaba, sin transición alguna, a la incesante recogida y elaboración de datos.

Ignoro lo que pasó. Junté las piezas. Reestructuré el día. Tal vez me preparé para un tiempo distinto. Puede que se tratara de una reprogramación neuronal, una calibración de los instrumentos de la conciencia, la formación de nuevas sinapsis entre las neuronas, la creación de receptores, la producción de neurotransmisores, quizá una reforma de la percepción del tiempo, la construcción de un anexo al cerebro o la demolición de dependencias obsoletas, ¿cómo voy a saberlo? Sé que me sentía como un solar en obras, igual que un hormiguero, una colmena, un laboratorio a pleno rendimiento. Sé que comía o bebía de vez en cuando, no demasiado, pero encontré un par de paquetes de galletas y alguna lata de albaricoques en almíbar que dejó el abuelo de Thomas. Debí de sacarlos de un armario de la cocina por la noche, o puede que fuera durante una ausencia de Thomas, no lo recuerdo, lo que sí recuerdo es ir de vez en cuando a la cocina a rellenar de agua una botella de plástico. También me acuerdo de haber salido en ocasiones por la ventana para hacer pis tras el cobertizo del jardín, y creo que algunas veces daba una vuelta por la casa cuando Thomas no estaba, aunque mi memoria acerca de este punto es borrosa y no puedo asegurarlo. Lo que mejor recuerdo de aquellos días es el incesante triturar dentro de mi cabeza, como si los días por los que pasé desde el primer dieciocho de noviembre se hubieran condensado ahora, como si todos los datos se hubiesen juntado y almacenado en mi memoria. Se trataba de todos los días que habíamos pasado juntos, los días que Thomas había perdido, uno tras otro, en el transcurso de la noche, los que yo había procurado sacudirme de encima por el camino y que, a pesar de todo, habían permanecido en mi conciencia.

La niebla se había disipado. Aquellos extraños días quedaban atrás. Comprendí que a la larga no me sería posible retener la indefinida luz grisácea matutina, que yo había dejado al margen pasado y futuro y llevado una especie de vida humana mínima. Sucedió que desaparecieron las mañanas desprovistas de atributos. Que no era posible volver al tiempo en el fondo del mar. Que la niebla, que había supuesto mi mayor dicha, a la vez exigía –pienso ahora– instalarse en la mayor de las ingenuidades, vagar por las estancias de la necedad, dejarse atrapar por la blanda mano de la apatía.

Durante cinco días estuve tumbada en la cama supletoria de esta habitación. Entonces regresé. Era el día # 81. Vi que en mi bloc había cinco rayas trazadas con bolígrafo y, en efecto, recuerdo vagamente haber estado junto a la mesa anotando, de manera casi automática, una señal en el bloc. Tengo la sensación de que lo hacía por las mañanas, durante la ausencia de Thomas, pero no lo sé con seguridad. Sentada al escritorio de la habitación conté en ese momento el total de rayas y, en lugar de anotar una nueva con el bolígrafo, escribí # 81. Como si necesitara exactitud. Como si precisara contar los días uno a uno, debía numerarlos, no podía contentarme con poner rayas en un bloc.

Aunque aquella mañana me había despertado ya inmersa en la actividad cerebral que poco a poco se había convertido en algo consabido, empezaron a surgir palabras en mi mente. Términos como «delirio racional» y «trituradora lógica» aparecieron junto al permanente zumbido en mi cabeza.

Más tarde comencé a reparar en la habitación en torno a mí, me percaté de que yo estaba tumbada en la cama y oí el ruido de la lluvia contra el cristal. Entonces percibí un leve olor a sudor, a dientes sin cepillar y ropa desaseada. Me acuerdo de que miré alrededor un momento antes de descubrir que procedía de mí misma. Recuerdo también que sentía frío y pensé que ahí tumbada estaba Tara Selter helándose. Pensé: «El frío matutino». Poco después oí a Thomas en las escaleras y pensé que ya lo sabía: no había ninguna variación. Sabía cuándo iba a abrir el agua y llenar el hervidor para ponerlo sobre el quemador.

Entré allí por la tarde, después de que Thomas se hubiera marchado. Me llegaba la música desde el salón, lo oí recoger los paquetes del suelo de la entrada y salir de casa. Yo era otra. Mi cabeza se había serenado, tenía hambre y necesitaba un baño. Subí al piso de arriba, me bañé, me cambié de ropa, bajé a la cocina y corté una rebanada de pan, que me comí. En el cajón de las hortalizas encontré una pera que debía de llevar en el frigorífico desde los días brumosos. La partí en dos mitades; a continuación, cada una de las mitades, en cuartos, y me tomé un pedazo tras otro. Después me senté en el salón a esperar a Thomas. Conocía su jornada. Sabía que regresaría una vez que hubiera comenzado a llover, pero aún no sabía con seguridad en qué momento lo haría exactamente.

Poco después de que empezara a llover en serio, vi venir a nuestro vecino caminando a lo largo de la cerca, y no tardó mucho en aparecer Thomas, mojado y sin paraguas. Salí deprisa al pasillo, encendí la luz y abrí la puerta.

Me miró sorprendido. Nos encontramos en el umbral. Lo ayudé a quitarse el abrigo empapado y le dije que había vuelto. Fui a por un jersey al dormitorio, preparé una taza de té y me lo llevé al salón, donde nos sentamos, todo ello mientras le hablaba de París, de Philip Maurel y Marie, de los libros desaparecidos y el sestercio. Le conté nuestros extraños días brumosos. Describí cómo la niebla se había disipado, y las mañanas nítidas con un horizonte diáfano. Le hablé de las señales en el bloc de notas y de mi estancia en la habitación. Le conté que yo era otra, que algo me había pasado en la cabeza. Tiré de él hasta la habitación de invitados. En su interior se podía notar todavía mi olor en el aire. Se veían paquetes de galletas por el suelo y algunas latas de los albaricoques en almíbar que me había comido. Le dije que necesitaba su ayuda. Le mostré el bloc de notas con la larga fila de rayas a lápiz, seguidas de otras cinco trazadas con bolígrafo, y que debajo ponía # 81. Le dije que tenía que adquirir un dominio del tiempo. Que tenía que saber cómo funcionaba el tiempo. Le hablé de la trituradora lógica, los solares en obras de la racionalidad, el trabajo de remodelación del cerebro, la recolección de sonidos, el procesamiento de datos de la conciencia. Le dije que tenía que hallar el agujero en el tiempo, que tenía que averiguar cómo me escapé y cómo regresar al tiempo que avanza. Le dije que pensaba que él podía ayudarme.

Vi que me creía. Yo era distinta. Era como si me hubieran despejado un sendero en la cabeza, como si hubieran solado, desbrozado, construido un camino, quitado la nieve a paladas, no lo sé, pero tenía que continuar. Necesitaba respuestas. Debía encontrar una explicación y una salida. Había empezado a creer que podía lograr que el día reanudase su avance habitual con tan solo comprender los mecanismos.

Durante 27 días investigamos la mecánica de la jornada. Por las mañanas me despertaba con la nitidez de un día que poseía primer plano, plano medio y un horizonte lejano pero diáfano. Antes de que abriera los ojos en la cama junto a Thomas, ya sabía perfectamente lo que había sucedido. Me levantaba y bajaba para reunir las observaciones del día anterior. Despertaba a Thomas y le explicaba todo. Resumía nuestras investigaciones y le informaba de las conclusiones más importantes. No tenía más remedio que ayudarme. No había niebla alguna en la que perderse. Yo insistía en formular preguntas. ¿De qué manera se dañó? ¿Fue un suceso que tiene explicación o se trató de una contingecia, un percance accidental? ¿Dónde se produjo la fractura del tiempo? ¿Qué hice aquel día en el que el tiempo se rompió? ¿Fue culpa de alguien? ¿Cometió alguien algún error? Y, en tal caso, ¿cuál?

No obstante, el diecisiete de noviembre fue un día sin acontecimientos. Me marché a Burdeos. Compré libros y continué mi viaje hasta París. El dieciocho de noviembre fue un día sin acontecimientos. Me desperté por la mañana temprano, desayuné, leí el periódico, vi caer un trozo de pan al suelo, compré algunos libros y me llevé dos de ellos en el bolso. Visité a un amigo, o habría que decir más bien a dos amigos, me quemé la mano, hablé por teléfono y dormí con cubitos de hielo.

No encontrábamos dónde podía estar el fallo. No éramos capaces de hallar la causa de que el tiempo se hubiera roto. No había causa alguna. Yo no podía encontrar la causa y Thomas tampoco podía encontrar una causa. Hallábamos pautas y hallábamos anomalías. Thomas era la pauta, yo introducía el desasosiego.

Desde el primer día no me cupo duda de que mi cuerpo me acompañaba. La quemadura que me hice en la tienda de Philip se instaló en mi mano, me acompañó en forma de pequeña herida dolorosa, se inflamó, supuró, formó una costra que más tarde se desprendió dejando una cicatriz roja, que se contraía lentamente día tras día, volviéndose más pequeña. Yo no me levanté por la mañana con la mano ilesa el dieciocho de noviembre. La herida se comportó como se espera que lo haga una quemadura a lo largo del tiempo, cambiando un poquito de un día para otro. Se había dejado sentir el efecto del tiempo en mi piel, y también en ese momento, frente al espejo del cuarto de baño, me fijé en mi pelo. Lo tenía más largo. No me había dado cuenta hasta ese momento, pero ahora veía que me había crecido, no en exceso, pero sí lo suficiente para que no me cupiera duda. El rostro que me devolvía el espejo parecía el mismo. Si había cambios en él eran tan mínimos que no se podían apreciar; sin embargo, el pelo había crecido en el transcurso de los días.

Era lo lógico: los días se sucedían unos a otros, la quemadura se curaba, el pelo crecía, el tiempo pasaba y mi cuerpo iba a la par, como si nada hubiera ocurrido. Tenía las uñas largas, guardaba en mi mente la vaga imagen de hallarme en el cuarto de baño con un cortaúñas, pero fue durante los días brumosos, mi recuerdo era borroso y gris; sin embargo, ahora estaba claro, así que me corté las uñas, o me las volví a cortar, despacio sobre el lavabo del cuarto de baño, porque habían crecido como si hubiera tiempo, de modo que cortaba trocitos de tiempo sobre el lavabo. Abrí el agua para que se los llevara por el desagüe.

Sin embargo, Thomas parecía siempre el mismo. No evidenciaba cambio alguno. Los días que pasamos juntos fueron diferentes, pero ninguno de ellos había quedado en su memoria ni en su cuerpo. Desaparecían durante la noche, pasaban por él sin dejar huella, y todas las mañanas se despertaba exactamente igual que el día anterior. Vivíamos en tiempos diferentes, nuestros cuerpos vivían en tiempos diferentes. No se trataba solo de la memoria. El cuerpo iba a la par.

Las cosas que nos rodeaban eran más imprevisibles. Los libros que compré en la subasta de Burdeos el diecisiete de noviembre permanecieron sobre la mesa de la habitación del hotel en el lugar preciso en el que los hube dejado; sin embargo, los que adquirí el dieciocho, *Histoire des Eaux Potables* y *Heavenly Bodies* de Thornton, seguían siendo un misterio. No se entendía por qué inicialmente regresaron a los anticuarios donde los había comprado ni por qué razón el día posterior ya se quedaron conmigo, a salvo bajo mi almohada, o por qué al cabo de unos días permanecieron donde yo los dejé sin problemas. Había estado llevándolos conmigo, preocupada por si desaparecían, pero enseguida se quedaron sobre la mesa del salón, como si ese fuera su sitio natural, como si los hubieran adiestrado para quedarse allí.

Algunas irregularidades nos dejaban asombrados. Muchas cosas retornaban a sus lugares anteriores. La estufa y la bombona de gas azul regresaron a la trastienda de Philip Maurel. Incluso el polvo volvió a su sitio. El sestercio romano había desaparecido. Lo estuve buscando sin lograr encontrarlo, y no me cabe duda de que en estos momentos se halla en su urna sobre el mostrador de la tienda de Philip Maurel. Pero si el sestercio había vuelto al lugar de donde provenía, ¿por qué entonces mi bolso, mi ropa y los demás objetos que me llevé a París no habían regresado a la habitación del hotel donde se encontraban la primera vez que fue dieciocho de noviembre? Seguía teniendo esas cosas conmigo en casa, y todas las mañanas se hallaban en el lugar preciso en el que las había dejado el día anterior. La primera noche el bolso se quedó en el suelo del salón, posteriormente en un rincón del dormitorio, y ahora está a mi lado, apoyado contra la pared, mientras que los libros descansan en la mesita junto a la cama. Como si, aun en medio de la imprevisibilidad, pudiera llevármelos conmigo, introducirlos en mi tiempo y lograr que permanecieran quietos.

No obteníamos un patrón definido y eso me molestaba. Quería encontrar un patrón para quebrantarlo, pero nos topábamos con demasiada ambigüedad como para que pudiéramos penetrar la mecánica del día. Había zonas opacas y preguntas sin respuesta.

Por supuesto, día tras día yo recogía y recordaba los dieciocho de noviembre por los que íbamos pasando, y que todos los demás habrían olvidado cuando despertaran a la mañana siguiente. Ya no me acuerdo con claridad de cada uno de ellos, están envueltos en una neblina y mi memoria los entremezcla, pero no han desaparecido.

Recuerdo que dejábamos huella. Algo pasaba con las cosas. Las agotábamos. Primero tuvimos dificultad en encontrar el café que solíamos comprar. No había más, así que compramos otro, pero éramos nosotros los que nos habíamos bebido el café que estaba en el estante del pequeño supermercado de la rue Clémentine Giroux. También fuimos nosotros los que vaciamos la balda donde se hallaban las tabletas de chocolate con naranja. Vimos que el estante estaba vacío y recuerdo que me extrañó, pero empezamos a comprar otros tipos de chocolate como el negro puro, o el que lleva menta o caramelo.

Algunas veces, las cosas regresaban a su lugar primitivo. Nos llevamos el último frasco de aceitunas que quedaba en el estante, lo guardamos en el armario de la cocina y al día siguiente había desaparecido de casa; sin embargo, lo encontramos otra vez en la balda del supermercado. Creo que volvimos a comprarlo, que lo abrimos y tomamos unas aceitunas durante el almuerzo, y me parece que el tarro ya empezado seguía en el frigorífico al día siguiente, pero no estoy segura, porque no era algo que nos dedicáramos a estudiar con detenimiento durante nuestros días brumosos.

Tampoco comprobábamos nuestra cuenta bancaria, que ahora veíamos que volvía a su punto de partida cada día. Todas las mañanas presentaba el mismo saldo y, aunque muchas de nuestras compras aparecían anotadas por la tarde, volvían a desaparecer de la cuenta a la mañana siguiente. También reparamos, ya durante la primera mañana, que en el teléfono de Thomas no había quedado rastro de nuestras conversaciones, y yo recordé que mi teléfono empezó a tener problemas en el tren que me traía a Clairon. Al poco tiempo, la conexión se había perdido por completo, pero, como tampoco necesitaba un teléfono, no nos paramos a pensar en ello. Había otras cosas que reclamaban nuestra atención. Teníamos mañanas envueltas en niebla y días lluviosos, había cosas más importantes de las que ocuparse, y cuando en nuestras charlas surgían las anomalías del día, cambiábamos rápidamente de tema.

Pero yo ya no quería cambiar de tema. Quería saber. Necesitaba respuestas. Thomas dudaba. Yo insistía. Comprábamos comestibles que guardábamos en la cocina. Algunos los abríamos y otros los dejábamos sin abrir. Llevábamos la cuenta de ellos y después observábamos. Por lo general, a lo largo de la noche los artículos que no habíamos abierto desaparecían y retornaban al lugar donde los hubiéramos adquirido. Nos llevábamos las cosas al dormitorio al ir a acostarnos. Coloqué en el alféizar de la ventana un frasco de aceitunas que compré, y puse bajo mi almohada un cepillo de dientes dentro de su envoltorio sin abrir. A la mañana siguiente el cepillo de dientes seguía estando con su envoltorio y todo igual, pero el frasco de aceitunas había desaparecido, así como un paquete de té que Thomas había guardado en un armario de la cocina.

Si bien era evidente que el día regresaba a su inicio, sin embargo, sufría variaciones. No lo hacía de manera mecánica, se trataba de otra cosa. Aun siendo el mismo día que se repetía, no poseía un carácter absolutamente fijo. Yo recordaba. Thomas olvidaba. Yo me movía en el tiempo. Thomas permanecía quieto. Los objetos seguían diferentes patrones. No se reducía a algo simple, era como si las cosas dudasen, como si titubearan, como si oscilaran entre las posibilidades del tiempo, en el borde de un tiempo que pasaba y un tiempo que retornaba.

Estuvimos buscando el instante en el que el día regresaba, pero no se trataba de un momento concreto. No sucedía a la medianoche. Puede que fuera por la mañana temprano, pero no llegamos a encontrar el instante mágico del cambio. No era al dar las doce, ni a las dos menos diez ni tampoco a las cuatro y treinta y cinco. No había precisión ni normas.

Todas las mañanas despertaba a Thomas y le contaba lo ocurrido. Le decía que tenía que ayudarme. Que me encontraba en otro tiempo. Tal vez mi cerebro se había reestructurado, le decía. Necesitaba ayuda. No podía pensar todo yo sola. Teníamos que encontrar una explicación. Él debía pensar conmigo.

Una de nuestras primeras noches después de que yo regresara de la habitación, nos mantuvimos despiertos todo el tiempo, y Thomas logró entrar conmigo en el día siguiente. A las doce no ocurrió nada. Thomas continuaba acompañándome. Se acordaba del día que acabábamos de pasar, recordaba que era la noche que seguía al dieciocho de noviembre, en lugar de la noche anterior al dieciocho.

A la una no había ocurrido nada. A las dos tampoco. A las tres empezábamos a sentirnos cansados, pero habíamos prometido que nos mantendríamos despiertos. Preparamos comida en la cocina. Bebimos café e hicimos el amor. Leímos en voz alta y nos dimos un baño juntos. Cuando cambiábamos de estancia íbamos los dos. Charlamos al bajar las escaleras y nos cogimos de la mano al subirlas. No nos perdíamos de vista. Manteníamos la atención constantemente. Nos movíamos a un mismo ritmo y hacíamos todo juntos. Éramos hermanos siameses, un tiro de caballos, dos leñadores serrando un tronco de árbol por la mitad. Queríamos pasar juntos al siguiente dieciocho de noviembre, queríamos salir de ese dieciocho de noviembre juntos. Concentré toda mi atención en Thomas y no tuvo ocasión de olvidar que estaba con él en casa.

Aun así, él debió de distraerse un momento cuando pasaban unos minutos de las cinco, o yo debí de distraerme, porque de pronto me dijo que se había dormido. Estábamos tumbados en el suelo del salón, sobre la alfombra de dibujos en blanco y negro. Él se había girado un instante mientras mi mano todavía rozaba su piel desnuda, y súbitamente su cuerpo sufrió una sacudida, dio un respingo como el que a veces recorre el cuerpo justo cuando uno empieza a quedarse dormido, pero no creo que se durmiera, pues se hallaba en mitad de una frase que terminó al tiempo que se volvía. Me miró, parecía confuso, igual que un sonámbulo al que hubieran despertado. Preguntó qué hora era, en qué día estábamos y qué habíamos bebido, porque se sentía mal. Poco después me preguntó cuándo había llegado yo, ya que no recordaba que hubiera regresado. ¿Había vuelto antes de lo previsto? ¿Había llegado por la noche? ¿Y cómo había ido mi viaje de regreso?

No conservaba ningún recuerdo. Ni baños ni cafés en plena noche, ni conversaciones en medio del cansancio ni comidas nocturnas podían extraerse de su memoria. No había siameses, tampoco tiro de caballos o leñadores. Mediaba una distancia entre nosotros. El tiempo tenía agujeros, pero era imposible saber cómo había sucedido. Un instante de distracción y Thomas había extraviado su dieciocho de noviembre. De nuevo, su recuerdo se había borrado, no tras el sueño de una larga noche, no fue una lenta disolución, sucedió como si su dieciocho de noviembre hubiera caído por una hendidura en la noche, un abismo que se hubiera abierto de repente. Pero no podíamos comprender cómo había sucedido, no hallábamos la falla del tiempo, ni encontrábamos una explicación.

Le conté toda la historia una vez más. Le dije que el tiempo se había roto y que estábamos investigando el problema desde dentro, exhaustivamente, que ya no podíamos ocultarnos en un día brumoso, que tenía que ayudarme, que no había habido muertos ni heridos, solo un tiempo lleno de enigmas, de irregularidades, una mecánica impredecible, una ecuación difusa con demasiadas incógnitas.

Nos quedamos dormidos en el salón y despertamos muy entrado el día. Fue Thomas quien se despertó primero, y se acordaba de todo lo que le conté de madrugada, pero había desaparecido nuestro día juntos, la noche y nuestras investigaciones nocturnas. Solo recordaba lo que yo le dije: que el tiempo se había roto, que tenía que ayudarme. Y ya había empezado a reflexionar acerca de la situación antes de que yo despertase.

Pasamos la tarde juntos. Salimos a comprar, regresamos a casa, comentamos los pormenores del tiempo y yo insistí en que intentáramos una vez más encontrar la falla del tiempo.

Esa misma noche volvimos a quedarnos en vela, con la atención aguzada, descansada tras el largo sueño diurno. Anotábamos nuestras observaciones y nos fijábamos en los más mínimos detalles. En plena noche freímos unos huevos y nos sentamos a la mesa de la cocina el uno frente al otro. Comentábamos hasta lo más nimio para asegurarnos de que nuestra atención se orientaba al mismo sitio. Mientras yo aferraba la sartén con una mano y mantenía la mirada clavada en Thomas, él vertió el aceite en la sartén y trajo huevos del frigorífico. Cascó los huevos y vació su contenido en la sartén, primero uno y luego otro, al tiempo que yo observaba sus manos. Nos dimos cuenta de que en la clara transparente había un trozo de cáscara, y yo la extraje con sumo cuidado; también hablamos de las burbujitas de aceite que se forman en los bordes del huevo frito, de la brillante película que recubre la yema, de la distribución del calor, acerca de la blancura y la transparencia, del instante en el que la blancura alcanza el borde de la yema, sobre echar pimienta, sobre la sal. Mencionamos la sorpresa que provocaba en la infancia encontrarse un huevo con dos yemas, cuando estabas en la cocina con tu madre o con tu abuelo y de repente, sobre todo si se trataba de un huevo especialmente grande, al cascar el huevo aparecían dos yemas dentro. Hablamos de tener gallinas, ya que en nuestro jardín había suficiente espacio, y podíamos poner un gallinero abajo del todo, en el huerto. Sacamos platos y cubiertos al tiempo que comentábamos el sonido de los platos y los cubiertos, el sonido de la porcelana y el del metal. Retiré la sartén del fuego mientras Thomas colocaba un salvamanteles, puse sobre la mesa la sartén con los huevos fritos y nos sentamos a comer el uno frente al otro.

Advertíamos cualquier pormenor. Manteníamos la atención alerta. Fijábamos la mirada en el otro. En la mesa. En la sartén vacía entre los dos. Pasaron diez minutos o más mientras seguíamos simplemente sentados a la mesa. Hablamos de los objetos que nos rodeaban. Reflexionamos sobre si las cosas desaparecerían de forma escalonada o si lo harían al mismo tiempo. Thomas opinaba que en ese momento debía de haber cosas en otras estancias de la casa que ya habrían regresado a sus lugares de origen, dijimos de ir a echar un vistazo, pero no llegamos a levantarnos. Hablamos de cámaras que pudieran registrar las variaciones. Hablamos del amor. Si tendría la capacidad de hacer que sucedieran cosas. Si el amor podría meternos o sacarnos.

En un momento dado la sartén desapareció. Me quedé inmóvil un segundo y observé la cocina a mi alrededor, pero la sartén no se veía por ningún lado. Me levanté y en ese mismo instante oí que Thomas lanzaba una exclamación. Quería saber qué había pasado. Se le notaba agitado. No estaba adormilado ni cansado, sino simplemente agitado. No recordaba por qué se encontraba en la cocina. Se había ido a dormir el diecisiete por la noche, pocas horas después de nuestra conversación telefónica. Y de pronto se veía sentado en la cocina. Y yo debería estar en París. Sin embargo, estaba allí, de pie, buscando una sartén.

Olvidé la sartén y me senté de nuevo frente a Thomas. Le expliqué lo ocurrido y vi cómo el desasosiego lo invadía mientras yo lo conducía por la larga ruta que iba desde mi primer dieciocho de noviembre hasta los huevos fritos que acabábamos de comernos. Sin embargo, su cuerpo no tenía la sensación de haber comido huevos fritos hacía poco. De hecho, sentía un poco de hambre en ese momento. Yo insistí. Le enseñé la bandeja del frigorífico, en ella no había seis, sino cuatro huevos. Le mostré el recibo de la compra donde figuraban seis huevos y la fecha, dieciocho de noviembre, también le señalé la hora. Sin embargo, no había cáscaras de huevo en la bolsa de basura. Las cáscaras habían desaparecido, si bien el metal del quemador donde freímos los huevos guardaba aún algo de calor, y el recibo de nuestra compra que estaba en mi bolso no se había marchado a ningún lado. Aquellas irregularidades que evidenciaba el tiempo impedían hallar una pauta razonable.

Por primera vez me pareció aterrador. No solo me provocaba vértigo o extrañeza o cierto desagrado. Era espeluznante, no tenía ningún sentido, carecía de magia, y la niebla se había disipado por completo. No se trataba ya del desasosiego que experimenté en el instante que vi caer la rebanada de pan en el hotel ni de sentir que hubiera una zona opaca entre nosotros. No éramos caminantes atravesando paisajes brumosos, no éramos buzos ni náufragos. Tampoco éramos siameses ni un tiro de caballos, no éramos leñadores ni la yema doble de un huevo. Si estuviéramos en Mesopotamia, los ríos habrían recibido un nombre y retornado a sus cauces. El cielo estaba despejado, lucía un sol abrasador, los ríos se secaban, se adivinaba la presencia de tropas, siluetas recortadas que patrullaban junto a la orilla, se oía el sonido del metal. Vivíamos en dos tiempos y resultaba imposible ocultar las diferencias. Había territorios que lindaban, conflictos fronterizos y transacciones sin un control a través de dichas zonas. Éramos amantes en tierras conflictivas. Thomas no guardaba recuerdo alguno de los días que habíamos pasado en compañía del otro, no podíamos producir días de niebla, inundaciones ni mañanas brumosas, no iba a resultar posible encontrar el camino juntos, no éramos nada doble, ni nebuloso ni paralelo. Yo no lograba hallar claridad ni patrones, tampoco la manera de salir.

Fue un nuevo intento fallido de encontrarle una lógica a la falla del tiempo. Una vez más nos fuimos a dormir y, de nuevo, Thomas recordó la conversación que mantuvimos de madrugada, pero ninguna otra cosa. Se acordaba del desconcierto que sufrió en la cocina, su memoria había conservado mi relato, mis largas explicaciones, la descripción detallada de nuestras investigaciones; sin embargo, no quedaba rastro de sus propios recuerdos de la tarde y noche pasadas, otra vez habían sido eliminados, borrados, habían desaparecido por una hendidura de la noche.

Los días siguientes transcurrieron de forma semejante. Me despertaba con una sacudida y recordaba lo que había sucedido. Me sentaba en la cama y miraba a Thomas, que dormía tranquilo a mi lado. Me levantaba y bajaba al salón. Planificaba la jornada. Reunía las observaciones de la víspera y las comparaba con las de los demás días. Confeccionaba diagramas y tablas. Dibujaba figuras y escribía listados. Colgaba la información en las paredes del salón y resaltaba con rojo o verde las cuestiones para ese día.

Después despertaba a Thomas. Le contaba lo que había ocurrido. Notaba su desasosiego. Él dudaba. Yo insistía y examinábamos el día. A lo largo de la mañana le presentaba las observaciones y los resultados más relevantes de nuestras investigaciones anteriores. Le mostraba dibujos de los patrones del tiempo y tablas con los hechos de los diferentes días. Durante la jornada discutíamos las posibles explicaciones, dibujábamos gráficos y construíamos sistemas, elaborábamos columnas de datos y síntesis, pero a la mañana siguiente, cuando Thomas se despertaba nuevamente en su primer dieciocho de noviembre, lo había olvidado todo y yo tenía que volver a contarle lo ocurrido e informarle de en qué punto se hallaban nuestras investigaciones.

El salón se había convertido en una sala de control. Las paredes eran el marco de anotaciones y figuras. La alfombra de dibujos en blanco y negro se consolidó como lugar de reunión para las sesiones informativas y recapitulaciones. Los sillones junto a la ventana constituían nuestra sala de personal, donde nos sentábamos durante los breves descansos que hacíamos en nuestro trabajo. Por el día anotábamos observaciones y hechos, a última hora de la tarde reuníamos lo examinado durante la jornada. Esquematizábamos particularidades y variaciones. Buscábamos normas y desviaciones. Subrayábamos y tachábamos. Pero las investigaciones no aportaban resultado alguno. O mejor dicho: aportaban multitud de resultados, infinidad de observaciones, pormenores que no contribuían a aclarar nada, y explicaciones que nunca se ajustaban del todo.

Un hecho era, sin duda, que vivíamos en dos tiempos distintos. Y también se constataba que solo yo estaba enterada de ello cuando daba comienzo el día. Únicamente después de haber escuchado mi relato de cada mañana, tras una breve sesión informativa durante el desayuno y más tarde un examen pormenorizado de los listados, diagramas y tablas del salón, Thomas lograba comprender en qué le estaba pidiendo que participase. Otro hecho era asimismo que había fronteras flexibles. Que no existían momentos concretos en los que se efectuaba el tránsito. Podíamos penetrar juntos en la noche durante un trecho, pero antes o después el tiempo se dislocaba. Y luego estaba el hecho de que los objetos del mundo algunas veces seguían en mi compañía y otras veces retornaban a su lugar primitivo, no resultaba posible prever el comportamiento de las cosas: si bien ayudaba el mantenerlas pegadas al cuerpo, había algo impredecible en los mecanismos del tiempo.

Nos enfocamos. Contrastamos las teorías y configuraciones halladas con los sucesos del dieciocho de noviembre. Discutimos percepciones de la realidad y trastornos de la conciencia, nos planteamos si yo generaba series de experiencias ficticias o si había aparecido algún tipo de olvido en todos los demás, si habíamos ingresado en una ola de incongruencia mental. Confeccionamos tesis y argumentos en contra. Leímos acerca de percepciones del tiempo paratácticas y cronometría variable, encontramos descripciones de fracturas temporales y recurrencias cronotóxicas. Examinamos teorías sobre universos paralelos, mundos múltiples y estructuras temporales relativas. Hallamos información acerca de la morfología de la memoria y cronopatías amnésicas raras. Discutimos teorías sobre repetición y fallos memorísticos. Analizamos procesos de la conciencia, hechos de la jornada, objetos del mundo, secuencias de tiempo. Coleccionamos hipótesis y explicaciones.

En realidad, explicaciones no nos faltaban, teníamos de sobra, pero no hallamos ninguna capaz de soportar un examen crítico y que pudiera contener al mismo tiempo el gran número de observaciones que habíamos realizado. Todas nuestras investigaciones acababan en un callejón sin salida, y cada vez que pensábamos algún cambio volvíamos con las manos vacías. Había puntos débiles y falta de coherencia, hechos que no encajaban, nos topábamos con contradicciones y paradojas. Todos los sistemas se desmoronaban en el momento que tratábamos de unificar nuestros datos en una totalidad. Carecían de consistencia, no lográbamos hacer concordar los hechos del día con ninguna de las teorías, no éramos capaces de construir sistemas coherentes ni de reposar en algún patrón y todas nuestras detalladas explicaciones tuvieron que ser descartadas una a una. Y cada vez que terminábamos en un callejón sin salida, volvíamos a los hechos: Thomas estaba sometido a las leyes del olvido y yo llevaba acumulados demasiados días en mi memoria. Thomas se hallaba prisionero en la eternidad, mientras que yo me dirigía, lenta pero segura, hacia mi tumba.

Cada día que pasaba disminuía en mí la esperanza de que súbitamente todo volviera a ser normal, y a pesar de que en ocasiones, pronto por la mañana o un poco más tarde, Thomas opinaba que el daño solo podía ser pasajero, cuando llegaba la noche tras un largo día de reflexiones por lo general había perdido la confianza en un regreso al tiempo habitual. No quedaba apenas rastro de nuestros días brumosos, no gozábamos de un tránsito suave por el dieciocho de noviembre, desaparecieron casi por completo los comentarios jocosos acerca de la imprevisibilidad del tiempo, así como el prestar atención a los sonidos que oíamos a altas horas de la noche, mientras estábamos tumbados y yo hacía observaciones sobre los ruidos que emergían de ella, y Thomas reía de pronto en la oscuridad cuando yo era capaz de predecir la secuencia exacta con la que iba a oírse una serie de sonidos nocturnos.

Para entonces ya había desaparecido la diversión, y lo único que nos quedaba eran las investigaciones sin rumbo que llenaban nuestra jornada. Se trataba de intentos fallidos de penetrar el misterio del tiempo, de multitud de preguntas que una y otra vez teníamos que renunciar a contestar; por lo general abandonábamos nuestras explicaciones –solía suceder en ese momento del día en el que nos encontrábamos en la cocina preparando la cena– para preguntarnos qué iba a ser de nosotros. ¿Podríamos seguir juntos? ¿Sería capaz de ponerme frente a Thomas cada mañana para informarle de una cantidad de días que aumentaba más y más, de nuevas explicaciones, castillos de naipes desplomados, callejones sin salida y angostos pasadizos?

Aun así, recuerdo que, en medio de todo ello, surgían repentinos fulgores de esperanza, tímidas representaciones de cambio, el pensamiento de que un día nos despertaríamos el diecinueve de noviembre o que súbitamente irrumpiríamos en algún día de enero o febrero. Tarde o temprano, el tiempo tendría que retornar finalmente a su eterno movimiento de avance, había dicho Thomas la primera noche, y de vez en cuando alguno de los dos repetíamos la frase de improviso, pero sin ironía ni amargura, sin tristeza ni decepción en la voz, sino con esperanza, con una confianza totalmente natural que no ofrecía dudas. En ocasiones lográbamos introducirnos en pequeños bancos de niebla, instantes que se parecían a nuestros primeros días, y a veces teníamos la impresión de entender el tiempo, de haber llegado al fondo del problema y hallarnos en vías de solucionarlo. Sin embargo, en mi fuero interno sabía que estábamos atrapados en un callejón sin salida. No era posible regresar a los días brumosos, y no íbamos a encontrar ninguna explicación consistente, sin importar la cantidad de observaciones y sistemas que diseñáramos.

Permanecí con Thomas 27 días. Después comprendí que debía investigar el asunto por mi cuenta. Era la primera vez desde que estábamos juntos que me veía obligada a hacer planes en solitario. Aún ignoraba las acciones que iba a emprender, pero sí sabía que yo no podía informar todas las mañanas acerca de una serie cada vez más larga de variantes del mismo día. No podíamos compartir el dieciocho de noviembre. Era un día con el que debía cargar yo sola.

Esa misma noche, mientras Thomas se lavaba los dientes, preparé mi bolso. Mientras se quitaba la ropa, desmonté la sala de control, apilé todas nuestras tablas y registros para guardarlos en una caja de cartón marrón y, mientras él estaba en el cuarto de baño, me apresuré a traer mi bolso y la caja con los papeles aquí dentro. Recogí la cocina de modo que pareciera la que Thomas vio al comenzar su primer dieciocho de noviembre. Dejé en un bol, sobre la encimera, un par de manzanas que había recogido del árbol del jardín. Vertí en una lata vacía la mitad de las hojas de té que contenía el paquete guardado en el armario y la escondí detrás de unos paquetes de harina. Por último, saqué del frigorífico lo comprado el dieciocho de noviembre.

A la mañana siguiente me mudé aquí. Era el día # 108. Me desperté antes de que hubiera claridad y permanecí un buen rato en la oscuridad de la madrugada escuchando a Thomas dormir. Después me levanté de la cama sigilosamente, coloqué de nuevo el edredón y lo alisé, de modo que no se notara que alguien lo había utilizado. Reuní mi ropa y me escabullí silenciosa escaleras abajo. Abrí la puerta de la habitación con cuidado, dejé mi ropa sobre una silla, fui a buscar los libros, que se hallaban apilados en el salón, y eliminé los últimos indicios de que yo había estado en casa. En el salón recogí un par de chinchetas y un rotulador rojo del suelo. Fui a buscar a la cocina una taza, un plato y algún cubierto, que dejé sobre la mesa aquí dentro. Me llevé del pasillo mi abrigo junto con las botas y cerré la puerta. Pronto no quedaría más rastro de mi presencia que un poco de calor bajo el edredón del dormitorio, una pequeña diferencia de temperatura que lentamente iría desapareciendo. Cuando Thomas se despertara habría desaparecido ya el calor y él habría olvidado mi visita a su dieciocho de noviembre.

Al despertarme unas horas más tarde en la cama supletoria, oí los pasos de Thomas por las escaleras. Había olvidado y vivía su dieciocho de noviembre habitual. Yo amanecía en la habitación de invitados para vivir mi dieciocho de noviembre # 108.

124

Anoche me quedé hasta tarde. Apagué la luz antes de que Thomas subiera al piso de arriba, pero no me dormí. Esperé tumbada en la cama hasta que estuve segura de que se había dormido y después continué escribiendo. Me senté a la mesa y encendí la lámpara, a estas alturas he escrito ya muchas veces el dieciocho de noviembre sin que haya llegado aún el diecinueve. Lo sé por los sonidos. Son los mismos, me he despertado en el mismo día. Conozco bien el patrón. Es el que corresponde al dieciocho de noviembre, y ya me estoy haciendo a la idea.

El ambiente se nota todavía fresco, aunque Thomas ha encendido el fuego en el salón y percibo un ligero olor a humo que se cuela por debajo de la puerta. Es el tiro de la chimenea, la dirección del viento o una repentina ráfaga de aire que provoca que el humo descienda, pero desaparece enseguida. He comido un poco de pan duro que estaba destinado a los pájaros, así que ya no hay nada para ellos; luego por la tarde, cuando Thomas ponga la música en el salón, saldré de casa, compraré pan para los pájaros en el supermercado de la rue Clémentine Giroux y me daré prisa en regresar. Thomas no estará y los pájaros tendrán su alimento, los mirlos, los carboneros, los mitos, el petirrojo, todos. Les compraré semillas y pan, también bolas y todo lo que pueda haber para alimentar a los pájaros, puesto que me he comido su pan y ellos necesitan que los alimente, y una vez que les haya dado de comer, probablemente tomaré un baño, puede que haga una tortilla, tengo que acordarme de comprar huevos, tal vez debería hacerme con una placa de cocina, podría ponerla en el rincón. A lo mejor las frases son sanadoras en algún sentido. Es el día # 124. Mañana escribiré # 125 y pasado mañana, # 126, y no hay nada que se pueda hacer al respecto.

Soy consciente de mi estado de ánimo hoy. Fluctúa. Noto que estoy un poco malhumorada, pero seguramente se deba a la falta de sueño. Contemplo la habitación a mi alrededor y sonrío ante el desorden. Mis botas están en medio del suelo, donde también hay ropa y papeles, un par de platos y tazas sucias sobre la mesa, así como virutas de haber afilado los lápices por la noche, un lápiz caído bajo la silla, y siento, además de cansancio, cierta satisfacción, como cuando te despiertas en medio de tu desorden pero sabes que no constituye un error. Hay motivos para el desorden: tenías cosas más importantes de las que ocuparte.

El desorden se explica porque he pasado la noche recordando. Porque habito en el dieciocho de noviembre.

Ya es casi mediodía y Thomas debe de haber estado fuera mientras yo dormía. No lo he oído llegar ni marcharse, y estoy sentada a una mesa con una pila de papeles donde he escrito que es dieciocho de noviembre y que me llamo Tara Selter. Siento como si ya no estuviera sola. Como si hubiera alguien escuchando. Mis días no se han perdido en el olvido. Siguen estando aquí, en este montón de papel. No han sido eliminados durante la noche, el papel recuerda, puedo ver que pone día número tal y día número cual y el dieciocho de noviembre, pero nunca el diecinueve.

He escrito todo lo que recuerdo acerca de días que se repiten, de lo que sé sobre el dieciocho de noviembre. Pero ahora ya no sé más. Entré aquí el día # 108 y desde entonces no ha ocurrido nada. Me despertaba por las mañanas, contemplaba la lluvia y los pájaros en el jardín, prestaba atención a los sonidos de la casa y por las tardes me marchaba cuando oía la música del salón. Un día empecé a escribir que era dieciocho de noviembre y que había alguien en la casa. Y continúa siendo así. He llegado hasta este momento y no hay más que contar. Solo quedan la pila de papeles y el desorden en la habitación tras mi intento de varios días de recordar mi larga serie de días.

Ahora ya no puedo decir nada más. Acerca de nada. O, mejor dicho, no puedo decir nada más acerca de Tara Selter. Ignoro lo que va a suceder. No conozco el futuro. Pero creo que seguirá. Y seguirá. Pienso que el día de hoy será como todos los otros días, y que cuando el día haya pasado vendrá un nuevo dieciocho de noviembre, y así día tras día, y cuando un día escriba # 365 querrá decir que ha transcurrido un año, pero, si a continuación vuelve a ser dieciocho de noviembre, ¿qué ocurrirá entonces?

No lo sé. Yo conozco el día. Puedo decir qué tiempo hará dentro de un instante. Puedo contar cómo transcurrirá la jornada en casa, hablar acerca de pájaros y nubes oscuras, saber qué fruteros se hallarán por la tarde en el mercado de la place Mignolet, puedo decir quién estará esperando en la cola para pagar en la caja del supermercado de la rue Clémentine Giroux poco antes de las tres y media, o también quién aparecerá por las escaleras del café La Petite Échelle a las cinco menos diez, pero de mi propio futuro no puedo decir nada. No puedo decir otra cosa aparte de que me he despertado en esta habitación que da al jardín y a una leñera, y que me he despertado de un humor muy diferente. En realidad, que me he despertado de algún humor. Tengo un estado de ánimo. Esto es nuevo.

129

Así que sí ha ocurrido algo. Tara Selter, sola en el dieciocho de noviembre, tiene estado de ánimo. Aparece casi todos los días, no durante todo el tiempo, pero, de repente, ahí está, lo noto. Hoy no es una excepción, me encuentro algo irritable, a lo mejor es aburrimiento; no obstante, me pone contenta, porque significa que hay un espacio abierto a mi alrededor, y lugar para tener un estado de ánimo. Casi puedo sentir como si alguien sí habitara aquí dentro. Un humor cambiante es prácticamente como bailar, un revuelo de faldas, giro y doy vueltas, aunque no hay demasiado espacio. Hay suficiente sitio aquí dentro para que el humor pueda cambiar. Ahora vuelve a hacerlo. La alegría se extiende por la habitación.

136

No digo que haya perdido la esperanza. Solo que no viene por aquí muy a menudo. Se ha mudado. Ha sucedido sin dramas, sin dar un portazo a la puerta, semeja más bien un animal que hubiera encontrado otros territorios de caza, un gato que se mudase a la casa de un vecino, una planta que diseminara sus semillas allí donde mejor pueden prosperar.

En su lugar ahora tengo un estado de ánimo. Se trata de algo muy distinto de la esperanza, pero no es poca cosa. Ahora también tengo un hervidor eléctrico y una placa de cocina, que he comprado en la ferretería del pueblo. Compré además una sartén. He permutado mi esperanza por el estado de ánimo y una sartén.

A menudo noto que mi humor asciende a la superficie, incluso nada más despertarme; sin embargo, muy rara vez siento esperanza. No me despierto por la mañana pensando que quizá hoy sea el día. Que a lo mejor me he despertado el diecinueve, o alguna otra mañana, de diciembre o enero por ejemplo. Si habré amanecido con las heladas de febrero o un día de marzo. No me acerco a la ventana con la esperanza de que el tiempo haya cambiado, y hace ya mucho que no me acuesto pensando que, al despertar, tal vez el día siguiente sea otro.

No afirmo que haya perdido la esperanza, solo digo que me visita muy de tarde en tarde. No me siento a esperar convencida de que aparecerá, no puedo llamarla para que venga a mí, pero de vez en cuando, a pesar de todo, regresa. De manera inesperada, sin avisar. Como anoche.

Sucedió porque salí al jardín. Porque en plena noche tuve ganas de orinar; entonces salí al pasillo y me deslicé con sigilo al exterior por la puerta que da al jardín. Hacía frío, yo caminaba descalza por el césped, pasé junto al manzano y fui hasta el seto. Prácticamente todo el firmamento estaba cubierto de nubes, hice pis en la oscuridad, me erguí y me dispuse a volver a casa de inmediato, pero en ese momento las nubes se apartaron justo del lugar donde la luna había permanecido oculta.

No tenía nada de particular. Thomas y yo habíamos salido durante la noche en varias ocasiones y de vez en cuando habíamos visto aparecer la luna, siempre la misma, menguante, algo mermada en un lado, camino de la luna nueva. Sin embargo, ahora, al abrirse el cielo nublado y asomar la luna en el firmamento, de pronto me pareció distinta, un poco más mermada, como si hubiera menguado otro trocito. Y sentí un repentino rayo de esperanza: una luna menguante que iba en la dirección correcta, un tiempo que empezaba a pasar.

Permanecí allí de pie en medio del frío, pues otra nube que atravesaba el cielo tapó la luna; sin embargo, cuando la nube siguió su camino, la luna se me antojó enteramente igual a la de siempre y la esperanza desapareció. No había ningún cambio, se trataba de un error, la luna era la luna del dieciocho de noviembre, así que regresé a casa, me deslicé en el interior, me sequé los pies mojados en el felpudo, entré en la habitación y cerré la puerta haciendo el menor ruido posible.

Pero pensé que algo había variado. La esperanza de un retorno al tiempo lineal se ha convertido en algo sorprendente que aparece en mitad de la noche. Un ataque por sorpresa, un raro destello que al momento siguiente desaparece de nuevo.

Podía notar cómo llegaba el estado de ánimo. Primero una tristeza, cierta oscuridad que se cernía sobre mis pensamientos, sombras de alguna clase, pero aleteando de tal modo que podía terminar siendo una levísima alegría. De regreso en la cama sentí esa endeble aflicción que al momento siguiente me hizo reír con una callada y titubeante risa, como si no supiera de quién hay que reírse, si del mundo o de mí. Igual que cuando has sido ridiculizado u objeto de una broma. De repente te ves desde fuera y entonces no puedes evitar unirte a la diversión.

Cuando evoco mis sentimientos de aquella noche, la sensación de cambio y esperanza, y después el súbito retorno a la misma luna mermada, no puedo dejar de tener la impresión de que el mundo se está burlando de mí. No era simplemente como si hubiera cometido un error, sino que me parecía haber caído en una inocentada. Como si la luna hubiese cambiado de aspecto justo el tiempo suficiente para que yo pensara que era diferente, y un momento después fingiera que no había pasado nada limitándose a colgar del cielo inexpresiva, con cara de póquer. Ignoro cómo pude llegar a creer que la luna había cambiado. Pero la mera idea de que pretendiera gastarme una broma ilumina de alegría la estancia. Provoca que me ría en silencio cuando me doy cuenta de lo fácil que resulta engañarme: una tonta que cae en la inocentada que le gasta el cielo. Gracias, luna.

146

He entrado en una cierta dinámica. Me despierto por la mañana. Oigo a Thomas en la casa. Permanezco quieta cuando la casa está en silencio. Me muevo si los sonidos que hay en ella me hacen desaparecer. Hiervo agua en mi tetera una vez que él ha subido al piso de arriba, cuando abre el grifo del cuarto de baño o tira de la cadena. El agua que llena la cisterna tapa mis ruidos. La impresora imprimiendo cartas y etiquetas impide que se oiga la tetera hirviendo. Ando por la casa cuando Thomas no está. Seguimos un ritmo, armonizamos. Un ritmo que no hay que romper. Salgo de casa al amparo de la música, cuando las puertas que abro pasan desapercibidas gracias a ella. Abro bolsas que crujen cuando el crujido de las bolsas no puede oírse.

No he encontrado la forma de salir del dieciocho de noviembre, pero sí he hallado caminos y senderos a través del día, angostos pasadizos y túneles por los que puedo circular. No puedo escapar, pero he encontrado el modo de entrar.

Penetro en un mundo previsible, un patrón que va adquiriendo cada vez más detalles. Fluyo hacia dentro y hacia fuera de la casa. Fluyo a través del día. Soy fluida.

Me dejo fluir con los sonidos, igual que un líquido, y los líquidos fluyen hacia el lugar donde hay espacio.

Oigo los pasos de Thomas por la casa. Apenas hay distancia entre nosotros. Cuento los días, pero ya no acrecientan la distancia. He conseguido introducirme en su día. Nos movemos al compás, en armonía, tocamos a dúo, o bien formamos una orquesta completa. Tenemos la lluvia y la luz, que van cambiando. Contamos con el sonido de los coches que pasan, de los pájaros del jardín, está el zumbido del agua a través de las tuberías de la casa.

Ahora resulta más fácil. Si sigo su día, si mantengo el ritmo, si no rompo el patrón. Si me despierto con el sonido de pasos por la escalera. Si hiervo agua cuando él imprime etiquetas para sus cartas y paquetes. Para nuestras cartas y paquetes. Tengo los sonidos y sus movimientos. Solo es el tiempo lo que se ha quebrado. Estamos juntos. Únicamente nos separan algunas paredes de una casa. No hay muertos ni heridos, y tampoco hablamos de ello. No necesitamos frases. Hay sílabas y ritmo. Oigo el ritmo en la casa, pasos por la escalera. Oigo las gotas de lluvia golpear con fuerza o débilmente contra el cristal. Necesitamos música. Ritmo y sílabas empapadas de lluvia. Se puede oír perfectamente. Formamos una sosegada orquesta que va a tocar a continuación. Escucha.

151

Cuando Thomas está en la cocina, capto las conexiones que hay entre nosotros. Él envía mensajes y toca música a través de la casa. Envía sonidos que yo entiendo. Suenan al modo de agua que corre, en forma de metal contra metal, como puertas de frigorífico que chocan con encimeras. No obstante, se trata de conciertos que él toca y yo toco con él, en silencio.

Cuando él está sentado en el salón, nos encontramos a la máxima distancia, y a veces siento el repentino impulso de salvarla: me dan ganas de levantarme, abrir la puerta y echarlo todo a perder, de romper nuestro ritmo. Pero sé que, si me presento allí, la distancia aumentará todavía más, por eso no entro. No irrumpo allí dejando caer en el suelo una pila de 151 días entre ambos. No irrumpo allí para intentar arrancarlo de su patrón. Vivo contando con esa distancia. Me siento a leer en la cama. Sé que dentro de poco él se aproximará de nuevo. ¿Por qué razón iba yo a tirar al suelo una pila de 151 días pudiendo estar a una distancia tan corta?

Cuando Thomas va a la entrada, entonces se halla muy cerca, pero enseguida vuelve a desaparecer. Lleva tazas de té de un lugar a otro. Descuelga abrigos de ganchos y recoge paquetes del suelo. Respiro con calma. Estoy a salvo. Él no va a entrar aquí. No va a entrar para encontrarse con los 151 días que ha olvidado. Se acerca, pero pasa de largo por delante de la puerta. Estoy a salvo. A salvo de los días que se van acumulando entre nosotros. A salvo de Thomas y todo su olvido.

Oigo pasos en la escalera, y dentro de un momento lo oiré andar de un lado a otro en el piso de arriba. No tengo la impresión de que se encuentre muy lejos, ya que cada paso que da se amplifica en el techo como un susurro a través de la estructura de la casa. Solo cuando él está en el salón lo siento demasiado lejos, y la entrada es el único lugar en el que lo noto demasiado cerca.

Por la noche la distancia se reduce al mínimo. Cuando Thomas duerme, solo nos separa el techo, una delgada línea entre dos clases de tiempo. Estoy sentada en una habitación que mantiene abierto el mundo y la distancia entre nosotros tan corta como es posible. Él llama suelo al techo. Yo llamo al suelo techo. Pero eso solo son palabras, no existe distancia alguna, se trata de una línea que nos mantiene unidos.

No es más que una casa con habitaciones. Hay alguien en la casa. Se llama Thomas Selter y se mueve de una estancia a otra. Toca música al seguir sus patrones. ¿Para quién toca? Toca para mí.

157

Resulta fácil hacer que los días pasen. Vuelan. Siento nostalgia, pero es una nostalgia leve. Siento añoranza, pero es una añoranza leve. El día va adquiriendo más y más detalles. Se vuelve cada vez más previsible. Me siento como en casa. Me siento como en casa gracias a todos esos detalles que no paran de acumularse. Sé el modo en el que el día se comporta. Conozco sus sonidos y los intervalos entre sonidos. Conozco los cambios de luz y la intensidad de la lluvia. Cuando el sol se abre paso, veo que la luz agranda el cuarto. Se oye la llamada de huida zigzagueante de un mirlo y el sonido amortiguado de un coche dos calles más allá, y después los mismos sonidos pero en otro orden: luz, coche, pájaro. Más tarde, oigo de nuevo: el aire en el árbol, una maceta rodando con el viento, breve pausa, coche. Y luego, otra vez: viento, maceta, pausa larga, coche. Y antes de que quiera darme cuenta, el día ya ha terminado.

164

Resulta fácil hacer que los días pasen si me relajo. Es decir, si me dedico a no hacer nada en absoluto. Ya lo hacen todo por sí mismos. No es necesario que yo haga otra cosa aparte de escribir un número en el bloc de notas todas las mañanas. No preciso decir nada sobre los días, los papeles están ahí en blanco, y el tiempo pasa más rápido cuando no digo nada. Fluyo a través del día, o bien el día fluye, algo o alguien fluye. Respiro. Pienso que las frases ya no son necesarias. Oigo cómo el día sigue sus patrones, y antes de que quiera darme cuenta, el día ya ha terminado.

176

Parece como si la velocidad estuviera aumentando, no en exceso, no se nota una aceleración repentina ni una rapidez vertiginosa, se desarrolla de manera tranquila, y yo no hago más que seguir el día y, antes de que quiera darme cuenta, el día ya ha terminado.

179

Los días fluyen y yo con ellos. Me despierto y sigo mi patrón, y, antes de que quiera darme cuenta, el día ya ha terminado.

180

Cuento los días. Desaparecen uno tras otro tan pronto como han llegado. Escribo el número de día en mi bloc y, antes de que quiera darme cuenta, ya ha pasado. No sé por qué tengo que contar los días, pero tampoco me atrevo a dejar de hacerlo. Pienso que tengo que aferrarme a los días. Tal vez las series numéricas puedan servir de ayuda. Igual que una cuerda que emplearas para salir del pozo en el que has caído. Aunque, si no hay nadie sujetando el otro extremo de la cuerda, tampoco servirá de ayuda. No habrá manera de subir de todos modos.

181

Aquí hay oscuridad y calma. Quizá el mareo que se siente aquí abajo sea lo que provoca que el tiempo pase, la falta de oxígeno. El aire es húmedo, y no lo creerás, pero el día posee tal infinidad de detalles que el tiempo pasa volando. Y aunque tal vez pienses que en la oscuridad no hay detalles, eso es porque no cuentas con los sonidos. Ni con la luz que se vislumbra allá arriba. Un pequeño trozo de cielo. Quizá solo esté esperando a que la cuerda tenga la longitud adecuada, que reúna los suficientes días, que se vuelva lo bastante pesada para que pueda lanzarla hacia lo alto, de modo que aterrice en la parte superior y llegue hasta aquí abajo, que alguien la encuentre y comience a tirar de mí hacia arriba. ¿Cuántos días harán falta?

185

Aun así, a veces me da por pensar que puede que sea hoy. Que a lo mejor me despierto el día diecinueve. O quizá no sea un día diecinueve en el que me despierte. Puede que haya semanas y meses descansando bajo mi dieciocho de noviembre. Tal vez si permanezco en calma y dejo que los días fluyan... Puede que los días se cuelen hacia arriba, ascendiendo como si fueran burbujas, y de repente me encuentre en mayo o junio, que me despierte con la luz matinal y los cantos de los pájaros me dejen atónita. O que amanezca en agosto, en una mañana de finales de verano y todo suene diferente. Que me despierten las pisadas de Thomas por las escaleras. Unas escaleras que crujen, como crujen las viejas escaleras cuando lleva un tiempo siendo verano.

De repente me acuerdo de los sonidos del verano. Recuerdo el crujido de las escaleras. No se oye cuando hay humedad en el ambiente, desaparece durante todo el invierno, pero, en un momento dado en el transcurso del verano, las escaleras comienzan a crujir. Ocurre porque la madera se seca, y hay que pisar con cuidado, sobre todo cuando subes o bajas mientras alguien duerme. Si estás en plena noche o es por la mañana temprano y todo lo demás se halla en silencio, el crujido seco inunda el espacio a no ser que apoyes los pies con suavidad, sin hacer ruido, sobre un peldaño, luego el siguiente, y así peldaño tras peldaño. Ese ruido te informa de que es verano y de que las escaleras están ahí desde hace mucho tiempo, que han llevado varias generaciones de pies arriba y abajo. Sin embargo, cuando el verano llega a su fin, a mediados de septiembre, o en algún momento de octubre, desaparece el sonido de las escaleras: la humedad va penetrando en la madera, y el otoño viene acompañado de viento y escaleras silenciosas.

Me pongo a pensar en los sonidos del año. En los sonidos que se han ido y en los que duermen. Me gustaría que el año despertase. Que regresara y se colara ascendiendo hasta mi dieciocho de noviembre. Pero no puedo hacer otra cosa más que permanecer en calma y dejar que los días fluyan. Procurarle al tiempo la calma que le permita volver a su curso habitual. No sirve de nada alborotar. No es de ese modo como se logra despertar a un año. No puedo hacer sino dejar que los días se despierten lentamente en algún lugar debajo de mi dieciocho de noviembre. No hay necesidad de frases, ni tampoco se necesitan series númericas. Se precisa calma. ¡Chist!

186

Pero si no hay necesidad de frases, ¿por qué entonces me siento a la mesa a escribir acerca del crujido en verano? Y si no ayuda en nada contar los días, ¿por qué entonces anoto un nuevo número cada mañana cuando oigo que Thomas pone el hervidor sobre el fuego?

Tal vez mis frases no sean sino repetidas llamadas a un servicio de rescate en el que nadie atiende el teléfono. Minúsculos intentos de dejar un mensaje a alguien que jamás devuelve la llamada.

Tal vez mi serie de números no sea una cuerda que sirva para salir de un pozo; a lo mejor ya estoy arriba y la serie de números es la barandilla a la que poder sujetarme mientras camino bordeando un abismo. Si me falta un día, se rompe la barandilla y me caigo. De modo que anoto un número todas las mañanas y avanzo por el borde de mi abismo. Pero ¿adónde nos dirigimos? ¿Y cuándo habrá alguien que conteste?

199

Temía que ocurriera y ya ha ocurrido. En varias ocasiones además. He empezado a seguir a Thomas. Me preparo para salir cuando oigo la música en el salón. Voy al supermercado, compro como de costumbre y de pronto me veo camino de la oficina de correos y espero. Mientras tanto él entra, luego vuelve a salir de allí, y lo sigo prácticamente hasta el bosque, momento en el que me doy la vuelta, me apresuro a regresar, y tomo la determinación de no escribir sobre ello ni hacerlo de nuevo.

204

No ocurre todos los días. Procuro dejar de hacerlo, pero a veces no puedo resistirme. Salgo a comprar y sigo mi propia ruta por la que no pasa Thomas. No obstante, en un momento dado, giro en dirección al centro. Voy hacia el mercado y de pronto me vienen a la memoria nuestros paseos juntos por el pueblo, las compras en los puestos que conocemos tan bien, las conversaciones con los tenderos que llevan en la plaza muchos años y conocen a Thomas desde que era un niño: me saludan y me preguntan por él. Recuerdo entonces los momentos pasados en La Petite Échelle, se me ocurre que podría ir a buscarlo y llevármelo para sentarnos en el café mientras llueve, y me doy cuenta de que en ese instante él anda libremente unas pocas calles más allá. Elijo caminos de los que tendría que alejarme, doblo las esquinas que no debería, sigo las rutas que él toma, lo diviso muy por delante de mí en la misma calle, lo veo desaparecer por la puerta amarilla de la oficina de correos. Espero. Me retiro a una de las callejuelas que hay enfrente de la oficina, puedo distinguirlo a través de los cristales, veo que sale. Me pongo a perseguirlo hasta que, de repente, doy media vuelta. Y tomo la determinación de no volver a hacerlo.

207

Pero vuelve a ocurrir. Lo sigo desde lejos, camina llevando cartas y paquetes, mantengo la distancia y, sin embargo, tengo la impresión de que estoy demasiado cerca de él. A pesar de ello, me aproximo todavía más. Veo que abre la puerta y entra.

Noto que me tiemblan las piernas, un hormigueo en pies y manos. Siento calor y frío, falta de aire y casi parece que me mareo, quiero dar media vuelta, pero, aun así, cruzo la calle a la acera opuesta de la oficina de correos. Lo vislumbro en el interior. Procuro respirar lenta y profundamente. Puedo ver todo por la ventana si me estiro un poco. Habla con alguien junto al mostrador, una mujer. Ella parece algo indiferente, ignora lo afortunada que es. Porque puede hablar con él como si no pasara nada. De manera informal. Poder estar así tan cerca de él. Verle la cara. Que sea capaz de levantar la vista. Y que no se desmaye.

Me apresuro a seguir mi camino para evitar que me vea. Quiero continuar y, sin embargo, lo que hago es cruzar al otro lado de la calle. Me aproximo a la puerta con travesaños de metal amarillo y cristales esmerilados. Él se reduce a una sombra tras la puerta, pero sé dónde está parado. Vislumbro una silueta, y esa silueta es Thomas.

Doy unos pasos para apartarme de allí y procuro seguir mi camino, pero doy media vuelta y regreso a la puerta. Entonces alargo el brazo y empuño la manilla. La puerta pesa, noto que ofrece resistencia, pero finalmente se abre. Él ha depositado sus paquetes sobre el mostrador. Oigo la voz de la mujer, una frase con entonación suave, creo que preguntándole algo, y Thomas le responde a su vez. No puedo permanecer allí más tiempo. La voz de Thomas hace que dé unos pasos hacia atrás y suelte la manilla de la puerta. Me tambaleo y busco apoyo en la pared, a continuación me giro y regreso pasando junto a las ventanas sin mirar al interior.

No llego a verlo salir y estoy segura de que él tampoco me ha visto a mí, porque camino por la acera en dirección contraria. Aun así, me llega el sonido de la puerta al cerrarse tras él. La puerta que se cierra después de que Thomas pase sin paquetes. Thomas que sale de la oficina de correos. Thomas soltando la puerta de metal amarillo. Quién fuera puerta. Y que él pudiera tocarme. Y pivotar lentamente para volver a cerrarme sobre sosegados goznes.

Pero no lo soy. No me cierro. Carezco de bisagras. No hay nada a lo que agarrarse. Me detengo y me giro un poco mientras él desaparece al doblar la esquina, y allí me quedo, prácticamente retorcida, porque no soy capaz de mover las piernas, aunque pueda girar el cuerpo y ver cómo desaparece al doblar la esquina.

Él no me ve. No ve que me giro, tampoco que me enderezo ni, poco después, que voy caminando lentamente, ya que él toma la dirección opuesta, dobla la esquina y continúa hacia el bosque. Pero yo no lo sigo porque ya tengo suficiente con mantenerme erguida, doy unos pasos, luego me paro y apoyo la mano en el muro.

Es la pérdida lo que provoca que me tambalee, la añoranza por lo perdido. Y no hay nada que pueda hacer.

Únicamente cuando me conformo con los sonidos soy capaz de tolerar la pérdida. Entonces puedo pensar con claridad para intentar encontrar una solución, una respuesta, una salida. Aquí sentada en la habitación hago que los días pasen uno tras otro.

219

He dejado de seguir a Thomas. Ha ocurrido un par de veces más, pero ya no lo hago. En una sola ocasión estuve por la noche en el jardín. Lo vi a través de la ventana del salón. En el alféizar hay un busto que Thomas heredó de su abuelo paterno, ignoro de quién se trata, el caso es que está ahí y permite ocultarse detrás. Permanecí tras él, preparada para apartarme si Thomas se giraba hacia la ventana, pero no se giró y ahora ya conozco sus movimientos en el salón. Lo he visto sentarse con su libro. Sé los momentos con los que vuelve a levantarse y cuándo va a la cocina. Mientras permanecía en la oscuridad vi cómo abandonaba su asiento para echar leña al fuego antes de marcharse del salón. Contemplé el humo que salía de la chimenea ascender entre la lluvia. Se puede ver si das unos pasos atrás y miras hacia arriba, eso siempre y cuando Thomas se encuentre en la cocina. Entonces reculas, dos, tres, cuatro pasos tal vez, y una delgada espiral de humo gira sobre la chimenea. El humo se hace visible gracias a la luz que proyecta la farola situada al otro lado de la casa, y, si reculo todavía más, veo la casa entera con luces en las ventanas, veo luz en la habitación de invitados, pero dentro no hay nadie.

Mientras estaba en el jardín comenzó a llover, entonces me metí en el cobertizo de las herramientas y esperé a que Thomas subiese a la planta superior. Me senté sobre un cajón de madera con la puerta que da al jardín abierta y, en el momento en el que vi que la luz cambiaba ligeramente, supe que él la había encendido arriba. Salí del cobertizo, abrí con sigilo la puerta trasera y me deslicé en el interior; en cuanto lo oí tirar de la cadena en el piso superior, cerré la puerta y sonó un débil clic al echar el cerrojo, abrí la puerta de la habitación de invitados, entré y cerré detrás de mí.

Pero ya no lo he vuelto a hacer. No lo persigo ni lo observo por los cristales durante la noche. La distancia se acrecienta cuando lo veo. Fluyo con mayor facilidad a través del día si sigo mi ritmo. Su ritmo. Nuestro ritmo. Cuando presto atención a sus movimientos, cuando sigo la música y me dejo conducir a lo largo del día. Me despierto por la mañana, escucho y sigo los sonidos, y antes de que quiera darme cuenta, el día ya ha terminado.

223

He descubierto algo espeluznante. Mejor dicho, no he descubierto nada porque lo sabía de sobra, pero he descubierto que es espeluznante. Constituye un problema para el que no tengo solución. Hay fantasmas y monstruos. Thomas es un fantasma y yo soy un monstruo.

Todas las tardes, cuando Thomas regresa bajo la lluvia, una vez que ha colgado su abrigo en la entrada, se ha cambiado y ha dejado su ropa mojada sobre un radiador en el piso de arriba, después de que haya metido leña en la chimenea del salón y haya encendido el fuego de nuevo, cuando ya ha hecho todo eso, tal y como le exige su pauta, pasa al siguiente asunto. Se pone un par de botas de goma, ya que sus zapatos siguen mojados al pie de la chimenea, pero las botas de goma están junto a la puerta principal, así que se las pone, abre la puerta, atraviesa el jardín delantero y gira hacia el cobertizo de las herramientas. Rebusca un momento en el cobertizo, creo que quiere una pala, pero no la encuentra. En su lugar toma un desplantador colgado de un gancho mediante su cordón de cuero. Se lo lleva y sale al jardín. Bajo una lluvia callada se apresura por el sendero hasta el bancal de puerros y acelgas, clava el desplantador en profundidad junto a un magnífico puerro para liberarlo del suelo, tira de él, lo saca y golpea el desplantador contra una piedra a fin de quitarle la tierra, regresa deprisa al cobertizo, cuelga el desplantador, toma algunas cebollas corrientes de una caja y una chalota de una red bajo el techo, sale del cobertizo, pasa junto a la ventana de la cocina y entra, cierra la puerta tras de sí y va a la cocina con el puerro y las cebollas.

No es más que una rutina. Su día está diseñado así. Sale a un jardín a por un puerro. Va a buscar cebollas a un cobertizo. Lo sé porque he visto el agujero que deja el puerro en la tierra y restos de tierra húmeda en el desplantador colgado dentro del cobertizo. He oído que andaba en el jardín, que rebuscaba en el cobertizo y el sonido del metal contra la piedra, pues me encontraba al otro lado de la casa escuchando mientras él se hallaba fuera, además he visto una piedra plana con pedacitos de tierra a punto de deshacerse por la lluvia sobre ella.

De vuelta en casa, saca dos zanahorias de la parte inferior del frigorífico, toma una pastilla de caldo y corta cebolla; lo sé porque he visto el envoltorio de la pastilla de caldo en la bolsa de basura de la cocina, así como restos de cebolla y pieles de zanahoria en el contenedor destinado al compost. Va a hacer sopa, por eso necesita el puerro, que corta en rodajas finas; lo sé porque siempre corta de forma transversal, enjuaga sus rodajas de puerro en un cuenco con agua y las pone a cocer en la sopa.

No hay nada de particular en todo ello, excepto el hecho de que el puerro, todas las mañanas cuando amanece, ha regresado a su lugar. Se lo puede ver en la hilera al fondo del jardín, intacto, nadie lo recogió ni rebanó, está listo para que lo saquen de la tierra. Eso es lo que sucede y ya me he hecho a la idea.

Ayer por la tarde, durante la ausencia de Thomas, arranqué un puerro en el otro extremo de la hilera y, mientras él no estaba, lo corté, herví agua, disolví en ella un poco de caldo, añadí el puerro muy picadito, lo cocí y tomé mi sopa ligera junto a la ventana del salón.

Hoy el puerro ha desaparecido. Evidentemente, como les ocurre a los puerros cuando uno los saca de la tierra, los pica, los cuece y se los come. Salí al jardín, fui hasta el bancal y el puerro no figuraba en la hilera. Cosa que no debería haberme sorprendido; sin embargo, de repente me pareció mal. Pero era lo que sucedía los días que pasamos juntos. Las cosas desaparecían si nos las comíamos. Consumíamos el mundo. No obstante, nada desaparece cuando Thomas está solo. Únicamente yo hacía desaparecer las cosas. Debe ser así. Vivo en un tiempo que devora el mundo.

Sin mí, el día de Thomas regresa de nuevo, el mundo se resarce, el puerro vuelve a aparecer en la hilera, y estoy convencida de que pasa igual con las cebollas. Había demasiadas en el cobertizo como para notarlo, pero si lo compruebo llegaré sin duda al mismo resultado. Podría contarlas si quisiera averiguarlo, pero no necesito hacerlo. Porque ya lo sé. Sé que si me llevo cebollas del cobertizo para mí desaparecerán. Y lo sé porque me he dado cuenta de lo que somos: Thomas es un fantasma y yo un monstruo. Así son las cosas. Ha sido obra del tiempo. Sin mí, Thomas es un fantasma, pero yo soy un monstruo, una bestia, una alimaña.

Y no puedo decir que lo ignorara. No es que no haya visto los anaqueles quedarse vacíos, pero ahora eso supone un problema. Marca una gran diferencia. Que Thomas sea un fantasma y yo un monstruo hace que la distancia sea todavía mayor de lo que yo pensaba. Thomas no deja huella en el mundo, yo lo consumo. Él representa una muestra en la casa, yo soy el monstruo de la habitación. Si entro allí, nos convertimos en dos monstruos. Lo traigo a mi mundo de monstruos y comemos por dos. Soy yo la que marco la diferencia. Él es un fantasma, y los fantasmas regresan una y otra vez. Los monstruos van por el mundo pisoteándolo y lo dejan devastado a su paso. Yo, aquí sentada en la habitación que da al jardín y a una leñera, no hago gran cosa. Aun así, estoy agotando el mundo. Mientras Thomas vive en un mundo que se restituye, yo dejo huella. Me he convertido en una criatura voraz, un monstruo en un mundo finito. Soy una plaga de langostas. ¿Cuánto tiempo podrá soportar mi presencia este pequeño mundo?

224

He dejado de fluir a través del día. Parece como si el día hubiera empequeñecido o yo tuviera más peso. Como si ahora yo fuera más grande y deforme. Un monstruo no es capaz de fluir hacia dentro ni hacia fuera de un día. No fluye. No puede rellenar los espacios vacíos del día. Se desborda. Crece. No encuentra sitio en el mundo donde ocultarse. Un monstruo causa estruendo. Va dando pisotones. Le resulta imposible ser sigiloso. No puede tocar en una sosegada orquesta local. Un monstruo es lento y pesado. Los días empiezan a pasar con mayor lentitud. Lleno el espacio. No fluyo. Soy yo quien causa la ralentización.

225

O tal vez ambos seamos fantasmas, pienso esperanzada. A lo mejor todo se reduce a una alucinación. Soy un fantasma que cree que es un monstruo. Thomas es un fantasma que cree que es una persona. Somos iguales, continúo pensando esperanzada. Vivimos en un mundo de fantasmas. Con puerros fantasma que desaparecen o que regresan de nuevo. Somos iguales. Ni monstruos ni personas, simplemente fantasmas que creen que son monstruos o personas. Que no ocupan espacio o que lo ocupan por dos.

O puede que yo esté durmiendo en la cama de un hotel de París y mientras tanto sueñe que soy un monstruo que devora un mundo en un tiempo detenido. ¿Y cuándo despertaré? Despiértame.

226

Pero eso no sirve. No puedo pensar que sea solo un sueño. Si sigo por ese camino, mi mundo se poblará de nuevas hipótesis. Me figuro que los dos hemos muerto y todo se reduce a las fantasías de almas en suspensión, o bien me imagino que Thomas hace tiempo que dejó el dieciocho de noviembre y ha continuado el viaje sin mí. Al diecinueve y el veinte, a diciembre y enero, febrero y marzo. Que deambulo en un mundo de sombras, mientras todos los demás han seguido como si el tiempo permaneciese intacto.

Pero ¿cómo iba él a continuar el viaje? Se encuentra aquí todavía. Lo oigo en la escalera. Él está aquí, si bien hemos dejado de formar una orquesta. No somos iguales, porque yo soy un monstruo que va consumiendo su mundo.

Ahora experimento la lentitud del día. No soy un fluido que fluye a través del día, rellena los espacios vacíos y continúa fluyendo hasta el día siguiente. No formamos una orquesta que dispone de nosotros a lo largo de la jornada. No somos una pareja que ejecuta un baile a través de una casa, ni dos fantasmas que sueñan sueños distintos, tampoco somos música, somos un monstruo y un fantasma, siento que las paredes se estrechan en torno a mí mientras yo crezco, y ahora ya no estoy segura de que vaya a tener sitio suficiente aquí.

227

Las palabras son las artífices. Comenzamos siendo dos amantes en un paisaje brumoso. Viajeros aturdidos. Hacíamos la compra y bebíamos café en algún momento del dieciocho de noviembre. Freíamos huevos en la cocina y traíamos chocolate con naranja de un estante del supermercado, las cosas desaparecían, y yo soy una alimaña, un monstruo que consume su mundo. Recojo verduras del jardín y el jardín desaparece. Mastico y mastico. Cruje y sale espuma. Cae baba por las comisuras de la boca. Resbala por la barbilla. Se acumula la basura. Los estantes se vacían cada vez más. El monstruo avanza descontrolado, día tras día. Triturando, rumiando. Cuando mastico mi pan crujiente de centeno oigo el sonido en mi cabeza. Haces el mismo ruido que un caballo, me digo a mí misma, igual que si trituraras zanahorias. Como un gato masticando su alimento seco. O un perro que royera un hueso, un conejo con su escudilla, una nube de insectos comiendo bosques y campos. Soy como todos ellos juntos, hordas de criaturas que comen. Triturando, rumiando, masticando. Un parque zoológico, un establo atestado, un enjambre que zumba.

Oigo que Thomas sube las escaleras. Él no deja huella. Compra y vuelve a comprar, y no pasa gran cosa. Corta pan y rebana puerros. Se marcha entre el crujido de sus bolsas, camina por la casa, pone sus pies en cada uno de los peldaños de las escaleras y, sin embargo, parece que no haya estado allí. Lo oigo en el cuarto de baño. Un fantasma orinando de pie. Puro espíritu haciendo pis. ¿Qué clase de mundo es este?

Son las palabras las que marcan la diferencia. He pensado «monstruo» y entonces aumento de tamaño. ¿Quién soy ahora? ¿Un monstruo o solo una persona dentro de una habitación? ¿Soy una alimaña o únicamente un ser bípedo pensante que tiene demasiado tiempo libre al día? ¿Qué oigo? ¿Oigo a mi amado hacer aguas menores, oigo a una persona orinando de pie, oigo a mi marido haciendo pis, oigo el sonido de un fantasma que evacúa, oigo realmente algo? No mucho. Hay silencio. Ha tirado de la cadena, la cisterna se ha llenado, las tuberías han emitido un zumbido, y se acabó la escena. Está haciendo una pausa, o bien se ha evaporado como pura conciencia, aire vi-

viente. Aunque espero volver a oírlo en breve, cuando baje las escaleras.

Es mi estado de ánimo el que elige las palabras por mí. Tengo un estado de ánimo. Algo así es muy útil. Puede elegir palabras de toda la paleta, puede hacer del lenguaje una paleta y otorgar colores a las cosas, incluso si carecen de ellos. Yo no hablo con nadie, y, aun así, mi mundo adquiere cada vez más detalles, tomo palabras de un mundo con múltiples voces, de un estado de ánimo que colorea, tiñe. Pero, si dejas que las cosas obtengan colores, el espacio se llena. La paleta rebosa de color. Acuden demasiadas palabras, el día se paraliza, se vuelve más pesado, más lento.

Bueno, ya baja sus escaleras el fantasma que orina.

228

Me voy más lejos a hacer la compra. No puedo seguir comprando en el supermercado de la rue Clémentine Giroux. Ya conozco el resultado: estantes vacíos y espacios sin ocupar en vitrinas refrigeradas. No es ninguna novedad. Hay registros de ello procedentes de los días brumosos, está bien documentado, probado y anotado durante el tiempo en que hicimos las observaciones. Sin embargo, ahora veo por todos lados las huellas que he ido dejando a mi paso. Varias cosas desaparecen. Se ha agotado el chocolate con caramelo. Algunas paneras se han quedado vacías y en la balda inferior de la sección de panadería solo quedan dos paquetes de biscotes aislados, porque yo me he llevado el resto. Se han acabado ciertos tipos de queso de la vitrina correspondiente, faltan tomates en la sección de hortalizas, y tampoco pasa desapercibida la merma que sufren los estantes. Soy yo la responsable, ha ocurrido de manera muy lenta, día tras día.

Procuro hacer la compra en diferentes sitios y no limitarme a uno. Busco tiendas donde no había comprado antes. Rompo mis hábitos y como cosas que no suelo comer. Elijo aquello de lo que hay mayor cantidad y estantes repletos. Compro latas de pescado desconocidas, bolsas de extrañas sopas en polvo o galletitas que nunca había probado.

Pienso en el futuro. He empezado a fijarme en huertos y bancales donde todavía hay hortalizas, en manzanos con fruta, uvas que aún no han sido arrancadas a pesar de ser noviembre. Lanzo miradas furtivas a la tierra bajo los nogales de los jardines. Voy buscando porciones de mundo que nadie use. La abundancia. Comienzo a imaginarme el futuro como un caminante que anda de un lado a otro, que arranca un poco de aquí y de allá, que compra alguna cosa aquí y allá, para continuar su viaje sin dejar apenas huella. Pienso que esta situación puede durar bastante, que tal vez me esperen muchos dieciocho de noviembre. Sé perfectamente que, si empiezo a abastecerme de los huertos, les estaré robando a los pájaros, a los gusanos. Pero qué pasará si no logro subsanar el defecto en el tiempo, si la situación no cambia jamás..., entonces me doy cuenta de que voy demasiado lejos con mi pensamiento, así que dejo de pensar.

229

A veces medito sobre si debería buscarme otro sitio para vivir. Pienso en el abuelo paterno de Thomas, que jamás se mudó de esta casa, lugar donde residió junto a la abuela de Thomas, y en el que estuvo viviendo en soledad diecisiete años antes de morir, llevando la misma vida al mismo ritmo.

Cultivaba siempre las mismas hortalizas en las mismas cantidades según una planificación que continúa colgada en el cobertizo y que nosotros hemos intentado seguir: de zanahorias y perejil hay que cambiar a maíz y calabacines, de maíz y calabacines a habas y guisantes, y el siguiente año a puerros y acelgas, y quizá coles el año posterior. Cada año le explicaba todo a Thomas, y después también a mí, cuando lo visitábamos. Cómo había ido el año y lo que implicaba para las rotaciones del año próximo. Qué efectos tenían sobre el suelo los diferentes cultivos, cómo se llevaban entre sí; hablaba de asociaciones, amistades y discordias, de la utilidad de las caléndulas, de que es mejor que el eneldo y el hinojo vivan cada uno por su lado. Thomas escuchaba pacientemente, a pesar de haber oído todo aquello muchas veces antes. Y cuando el viejo Selter se quedó solo, el huerto daba demasiadas hortalizas para una persona, por lo que tuvo que abastecer de verduras a vecinos y amigos.

Pero ¿cómo pueden seguir viviendo en la misma casa aquellas parejas que se quedan partidas por la mitad? ¿Cómo es posible que continúen con la misma vida año tras año, en las mismas habitaciones y con la misma rutina diaria? ¿Cómo lo consiguen? ¿Continúan haciendo las mismas cosas porque la casa es la misma? ¿Se retiran a una única estancia? ¿De repente creen oír al difunto paseándose por la casa? ¿Sienten al muerto muy cerca y a la vez muy lejos? ¿Oyen pasos distantes, una mano o una manga que roza el papel pintado? ¿Piensan que hay fantasmas en la casa? ¿Creen que son monstruos una vez que el otro ha dejado de comer, que es un error que ellos se encuentren aún en el mundo? ¿Suponen que tienen que cultivar la tierra, continuar haciendo que el huerto dé tubérculos, frutos y hortalizas?

Pero yo no puedo cultivar la tierra. Dispongo de un solo día lluvioso. No voy a recoger ni sembrar nada. Nada va a germinar ni crecer. Me he quedado sin estaciones. Los días no fructifican. Simplemente pasan, y yo los acompaño mientras engullo mi mundo y presto atención al fantasma de la casa.

230

No sé si en esta habitación habrá espacio suficiente para un monstruo. Los días han aminorado su velocidad, mi mundo se ha empequeñecido... o yo he crecido, no lo sé. No paso a través del día con la misma facilidad que antes, mis movimientos hacen ruido. Los sonidos de la habitación no son música, no formo parte de una sosegada orquesta. Se oyen los ruidos que hace Thomas en la casa y la música del salón, pero yo no toco con la orquesta.

No persigo a Thomas. Da sus paseos por el bosque y junto al río. Regresa bajo la lluvia mientras yo estoy sentada en la habitación; en ocasiones levanto la vista y veo una sombra que abre la verja y la vuelve a cerrar después de haber pasado.

232

Por la noche tuve necesidad de salir. No porque quisiera contemplar a Thomas a través del cristal. Eran las tantas de la madrugada, él ya se había ido a la cama hacía rato. Yo tenía que ir al baño porque había bebido más té del que suelo tomar y acababa de despertar de un sueño en el que buscaba un servicio, pero cada vez que encontraba la puerta de un aseo estaba ocupado. Veía las puertas entreabiertas y pensaba que el aseo estaría libre, pero cuando abría siempre hallaba gente sentada en todos los inodoros.

En cuanto desperté del sueño fui a la ventana. Quería ver si llovía. No llovía, las nubes se habían retirado y una amplia franja de cielo despejado se abría dejando ver la luna, la acostumbrada luna menguante. No cambiaba, y ya no creo que vaya a verla cambiar. El cielo es el mismo, sufre modificaciones a lo largo de la noche, como pasa con los cielos, pero la noche siguiente todo vuelve a ser igual.

De repente sentí ganas de sentarme fuera. Me llevé una manta y mi edredón y fui hasta el cobertizo, donde encontré el cojín de una silla de jardín, que dejé sobre los escalones delante de la puerta trasera junto con el edredón y la manta. Y después de haber hecho pis en el huerto detrás de la uva espina, me senté en los escalones con la espalda apoyada contra la puerta, envuelta en la manta y el edredón. Un nuevo grupo de nubes pasó por delante de la luna, pero cuando siguió su camino la luna apareció, iluminando mi edredón, que se hallaba allí en la oscuridad.

El viento había amainado. La maceta que yo oía noche tras noche seguía allí, sobre las losas de piedra que bordean la casa, pero apenas se movía. Debía de haber salido en un momento en el que no lo había hecho antes, pues se oían menos ruidos y se veía más cielo que en las ocasiones en las que había salido por la noche. Durante casi una hora permanecí mirando las nubes cruzar el firmamento y vi asomar entre ellas grandes trozos de cielo que se sucedían unos a otros.

De tanto en tanto oía un coche, en ocasiones cerca, aunque normalmente se limitaba a ser un zumbido lejano; aparte de ello solo se percibían un ligero soplo en las ramas y el suave golpeteo de la maceta, el ruido del plástico contra la piedra y su mitigada falta de sosiego, que súbitamente se me antojaron de una insistencia molesta.

Aun así, me quedé dormida allí sentada con la espalda contra la puerta cerrada, envuelta en mi edredón. Sin duda me había movido mientras dormía porque me desperté de pronto al golpearme la cabeza con la pared junto al marco de la puerta. Aunque seguía siendo de noche, me apresuré a recogerlo todo y regresar sigilosamente a mi cama, donde me acabo de despertar ya muy entrado el día.

Lo primero que me llamó la atención cuando me senté fuera en la oscuridad fue el silencio. Una vez más me había despertado en plena noche y había sentido la necesidad de ver el cielo nocturno. Por un momento me sorprendí y estuve un rato sentada con la sensación de que el jardín no era el mismo, hasta que me di cuenta de que faltaba el sonido de la maceta movida por el viento.

De inmediato recordé que había recogido la maceta de camino al cobertizo para devolver el cojín de la silla de jardín, una vez concluida mi visita a la noche. Pensaba que había puesto la maceta en una balda del cobertizo, pero me encontraba medio dormida y no me acordaba del todo, así que me levanté a fin de comprobarlo, y, en efecto, estaba en el cobertizo, en concreto descansaba en la parte superior, dentro de una caja con cuerda, guantes de jardín y sobres de semillas.

Volví a sentarme en el escalón donde ya antes me había instalado con el cojín, el edredón, además de una vieja manta que puse debajo para protegerme de la humedad, mientras me asombraba de que la maceta no hubiera regresado sin más a los vaivenes del día dieciocho, de un lado al otro sobre las losas de piedra. No tiene un vínculo conmigo, ha estado rodando a su antojo, ¿por qué razón iba a permitir que la detuvieran? Estoy segura de que ya en otra ocasión, durante nuestros días de investigación, recogí con Thomas la maceta del suelo y la llevamos al cobertizo, y tampoco me cabe duda de que al día siguiente estaba otra vez en su lugar de origen. Sin embargo, ahora había aceptado cambiar de lugar, me había permitido detener aquel vaivén sobre las losas de piedra, y era evidente que había desaparecido un sonido.

Enseguida renuncié a buscar una explicación y regresé a los previsibles patrones del firmamento nocturno. En el cielo encuentras cierta seguridad. No es como los libros o las macetas. Tampoco como las latas de aceitunas o los paquetes de galletas. No hay posibilidad de hacer nada. Se puede confiar en él. No cambia. No puedo influir en él ni destruirlo. No me permite irrumpir en su ámbito, le son indiferentes los monstruos sentados sobre escalones de piedra. Está lleno de movimiento, de cosas que cruzan por él, pero nada de ello golpetea, y, aunque hubiera sonidos allí arriba, si hubiese armonías de las esferas o tonos celestes no llegarían hasta aquí abajo. Hay demasiada distancia.

Observé las estrellas y los conjuntos de nubes, cuyas pautas ya creía reconocer. Una sola nube pasó por delante de la luna, justo cuando un nutrido grupo asomaba sobre los árboles al otro lado del camino. Una pareja de nubes, una nube aislada, otra más, dos parejas de nubes, dos grupos moviéndose a la par. Me parecía haberlo visto ya antes, y en ese momento una nube pasó muy cerca de la luna que justo se hallaba situada por encima de un poste de telefonía lejano. La nube cruzó sin tocar el borde superior de la luna, mientras yo, sentada en mi puesto de observación, me convencí de que había presenciado los mismos movimientos que la noche anterior, solo que sin maceta.

El cielo sigue su pauta. Consta de repeticiones. Te hace sentir como en casa. Puedes sentarte sobre un escalón en la oscuridad a contemplarlo, o quedarte de pie en la hierba y ser un monstruo diminuto en un espacio gigantesco. Noto cómo el firmamento levanta de mis hombros la capa de monstruo. Empequeñezco y las minúsculas porciones de mundo que manejo se reducen prácticamente a nada. El cielo es enorme e intangible, el universo se abre y entonces te conviertes en un monstruo insignificante que da bocados mínimos a un mundo gigantesco.

Me quedé allí sentada mucho tiempo, despierta y calentita en el escalón. Pude ver aglomeraciones de nubes, pequeños grupos y paseantes solitarias. Nítidas siluetas o multitudes blandas e informes de bordes desleídos, que cruzaban la noche de forma independiente o emparejadas, frente a estrellas cuyo nombre desconocía.

Qué bien que el cielo se haya abierto. Es estupendo que el mundo haya recuperado sus proporciones y que no se vea perturbado por pequeños seres dañinos que se mueven en la oscuridad. Resulta maravilloso haber encontrado un lugar en el que no se pueda lograr nada.

Tengo que examinar el cielo con detenimiento. Quiero conocerlo en profundidad, sus nombres y patrones. Es una suerte poder regresar aquí cada noche, que pueda aprender a conocer el cielo, que no tenga capacidad de romper la mecánica. Qué bien que el mundo esté quieto.

234

¿Cómo puedo alegrarme de que el mundo esté quieto? ¿Cómo puedo afirmar que es maravilloso que no se mueva, que yo no pueda lograr nada, que nada suceda? ¿Cómo puede estar bien eso? ¿Cómo puede ser bueno que Thomas sea arrastrado poco a poco cada vez más lejos y que no vayamos a la par? ¿Cómo he podido decir eso? Quizá deba reflexionar antes de escribir... algo... aquí.

245

Hoy he comprado un telescopio. Me marché de casa en cuanto Thomas se ausentó por primera vez. Evidentemente no hay ningún lugar en Clairon donde vendan telescopios. De todos modos, fui hasta el centro de electrónica situado en la circunvalación, donde me informaron de que los telescopios no eran precisamente los artículos más demandados. Podía comprar pantallas planas, así como altavoces y electrodomésticos. También vendían ordenadores portátiles, teléfonos móviles y una cámara réflex digital. Podía llevarme una batidora o una yogurtera si quería. Tuve ocasión de adquirir un hervidor eléctrico o una placa de cocina, pero ya los había comprado hacía tiempo en la ferretería del pueblo.

No estaba acostumbrada a pasearme por circunvalaciones, pues, desde hacía mucho tiempo, lo más lejos de casa que había estado era el centro del pueblo y el camino donde comienza el bosque. Cuando salí de la tienda con las manos vacías estuve a punto de olvidar el asunto y regresar a casa, pero pensé que Thomas ya habría vuelto hacía rato con sus bolsas y que no sería fácil entrar sin que me oyera.

Así que, en lugar de volver, me dirigí a la estación. Llovía un poco y había abierto el paraguas, entonces me vino a la mente la caminata que hice durante la tarde de mi segundo dieciocho de noviembre. Llevaba en el hombro el mismo bolso, ahora más ligero porque no tenía libros. Los libros que no había traído conmigo. De repente me entraron dudas, iba a marcharme dejando a Thomas y los libros en casa. Por un momento pensé si tendría algún sentido regresar, pero al llegar a la estación vi que el próximo tren a Lille salía en tan solo cuatro minutos. Sin pérdida de tiempo saqué un billete en la máquina, fui deprisa al andén y me subí de un salto al tren, antes de que pudiera cambiar de opinión.

El tren iba medio vacío. Era media mañana y no mucha gente tenía que ir de Clairon en dirección a Lille. No me había detenido demasiado a pensar en mi aspecto. A veces, cuando estoy fuera de casa, lanzo una mirada al escaparate de alguna tienda para asegurarme de que sigo pareciendo un ser humano, pero no había caído en la cuenta de la temeridad que suponía ir de improviso sentada frente a otra persona en un tren. No se trataba de un transeúnte con el que te cruzas por la calle o un vendedor de preguntas expeditivas y comportamiento automatizado, sino de una persona con tiempo, alguien situado frente a mí, puede que mirando en mi dirección. Sentí un pánico repentino y lamenté haber subido al tren.

Afortunadamente solo viajábamos tres personas en el vagón que elegí, y había sitio para las tres. Me senté en un lugar desde donde únicamente alcanzaba a ver el brazo de una y el equipaje de la otra, pero ninguna cara. De todos modos, fui al aseo antes de que llegáramos a la primera estación siquiera. Comprobé que mi aspecto era normal, que parecía un ser humano en alguna medida y no una bestia, alguien metido en asuntos turbios, un visitante de otras galaxias o una persona transportada a otra época totalmente distinta, pero no se subieron muchos viajeros y no tuve motivos para preocuparme.

En Lille me invadió una extraña euforia. Poco después de llegar, encontré una tienda que vendía material ornitológico, prismáticos para observar aves y libros, pero también cámaras y telescopios de todo tipo. Al no estar constreñida por consideraciones económicas, sentí el impulso de comprar tanto un telescopio avanzado como una cámara silenciosa con teleobjetivo; no obstante, logré dominar mi euforia y acabé adquiriendo un telescopio razonable en el que me había fijado al mirar el escaparate antes de que, indecisa, me dejara arrastrar al interior de la tienda por un cliente que mantuvo la puerta abierta para que yo entrase.

Apropiado para principiantes aunque de óptima calidad, como dijo el vendedor cuando le expuse que deseaba un telescopio que no fuera demasiado complicado. Me dijo que era duradero y que tenía muy buen precio. Debí de parecerle una clienta del segmento sensato, aunque yo no me sentía así. Habría tenido ganas de comprar varios de los aparatos que allí había para ponerme a fotografiar u observar pájaros, o investigar los objetos del mundo bajo un sofisticado microscopio, si no fuera porque eso habría llamado demasiado la atención. Sin duda yo pertenecía a un grupo de clientes totalmente distinto, titubeantes y sensatos, en lugar de ávidos y ansiosos por observar los fenómenos del universo con la mayor precisión posible.

A modo de bonificación por una compra tan cabal, el vendedor me ofreció un atlas de astronomía que incluía una breve introducción acerca del cielo estrellado y los cuerpos celestes que se podían ver con un telescopio normal como el que había comprado. No le dije que ya tenía *The Heavenly Bodies* de 1767. No creo que él lo hubiese considerado utilizable.

Pagué y me dispuse a abandonar la tienda con mi telescopio: desembalado, probado, desmontado y plegado dentro de un extraño estuche en forma de trompeta con un trípode y diversos accesorios más, no especialmente discreto, pero cómodo de llevar. Cuando estaba a punto de cruzar el umbral de la puerta, dudé, solté el picaporte, me di la vuelta y pedí permiso para dejar el telescopio apoyado en un rincón de la tienda mientras iba a hacer unas compras. El dependiente aceptó y salí de nuevo a la calle.

Dediqué las dos horas siguientes a abastecerme de provisiones, con una rapidez que no había conocido durante los días pasados en casa. Estuve en siete u ocho comercios, adquirí diversos tipos de café y té, compré pato confitado, latas de pescado, quesos envasados con fecha de consumo preferente de varios meses después y algunas especialidades de queso madurado que, según el quesero, podían mantenerse sin problema fuera del frigorífico. En una tienda de productos dietéticos adquirí una selección de pasteles de verdura en latas y frascos de cristal, compré almendras, nueces y semillas. Compré habas, guisantes y maíz en cajas y latas, y tras cada compra sentía el alivio que me proporcionaba comprobar la minúscula mella que yo infligía en las existencias de alimentos mundiales: no se apreciaba nada en los establecimientos después de mi saqueo.

En una papelería compré un cuaderno de tapa dura, forrado en tela verde oliva, con líneas y lomo cosido. Aún no lo he usado, pero tengo la sensación de encaminarme hacia algo nuevo, algo que todavía no hubiera comenzado realmente.

Cuando hube acabado, saqué todo el efectivo que me permitió la tarjeta de crédito, paré un taxi, cargué mis compras en el coche y le indiqué al conductor que fuera a la tienda donde había dejado mi telescopio. Allí lo recogí, lo guardé en el maletero y le pedí al conductor que me llevase a Clairon, trayecto que duró poco más de una hora, a través de un paisaje que alternaba el tiempo soleado con cielos nublados y chaparrones aislados. Llegamos bastante antes de que Thomas regresara a casa, cuando aún no llovía ni había empezado a oscurecer.

Una vez allí, pagué al taxista y fui llevando mis bolsas primero hasta la entrada y luego a mi habitación. Noté la casa fría, pues, como era habitual, las brasas de la chimenea se habían apagado y la calefacción no estaba encendida. Subí el termostato más de lo que solía, porque de repente empecé a sentir frío.

Bajo la cama encontré dos cajas de plástico con ropa de cama adicional, la saqué y la coloqué en la parte inferior de la estantería. En las cajas guardé toda la compra que me cupo y puse el resto en una caja de cartón que encontré en el cobertizo del jardín. Después metí todo debajo de la cama.

Empezó a oscurecer mientras recogía las últimas bolsas vacías y, cuando la lluvia arreció, me retiré a la habitación. Desde la ventana vi a nuestro vecino caminar a lo largo de la cerca al final del jardín. Poco después oí llegar a Thomas, y al momento siguiente la luz de la entrada se coló bajo mi puerta.

Estoy cansada tras un día repleto de acontecimientos, aunque se trata de un cansancio peculiar, pletórico. Mi cerebro se mueve en círculos. Parece como si yo hubiera modificado mi velocidad y dirección, pero sobre todo mi tamaño. He recuperado mis verdaderas proporciones. No sé si es porque paso las noches mirando el cielo o por haber recorrido grandes distancias, viajado en tren, caminado por calles desconocidas. Tal vez sea simplemente porque he diseminado mis compras, dando bocados mínimos a un mundo gigantesco. No es mucho lo que le quito al mundo cuando se toma en consideración sus dimensiones, pienso, y siento como si me hubiese vuelto más ligera, más ágil. Puedo cambiar de dirección. Tan pequeño es el monstruo y tan mínima la diferencia que provoco en el mundo. Tan insignificante es el tránsito de una persona por el dieciocho de noviembre.

246

Mis compras no se han malogrado. Cuando me desperté esta mañana seguían en su sitio: las cajas repletas bajo la cama, los paquetes de té y café apilados sobre la mesa detrás del hervidor, mis almacenes están llenos. Me siento tranquila, he olvidado mis preocupaciones. El mundo no se ha acabado, y pienso que apenas se nota el saqueo que ha llevado a cabo una pequeña alimaña durante su incursión allá fuera.

Únicamente ha desaparecido mi cuaderno verde. Lo había dejado sobre la mesa, preparado para las frases, observaciones y reflexiones. Preparado para las frases sanadoras, las frases interrumpidas, para la duda y la vacilación, el interrogante y el desasosiego, la esperanza y el estado anímico, los colores, qué sé yo. Estaba destinado a ser un nuevo capítulo. La vida de un monstruo diminuto en el universo. Ahora ya no sé si algo nuevo ha comenzado o si algo nuevo va a comenzar, pero sé que tengo que examinar el cielo con detenimiento.

251

Las noches pasadas he estado fuera con el telescopio a horas muy tardías, cuando se puede observar más firmamento. Hace fresco y se nota humedad, pero el cielo está despejado el tiempo suficiente como para que sea posible verlo casi entero en el transcurso de una o dos horas.

Me he llevado un vestido de lana del último cajón de la cómoda del dormitorio, porque fuera hace frío. He ido a buscar bufandas y un par de medias de lana. Por la noche me acuesto temprano. Duermo algunas horas y en plena noche me despierto. Espero hasta estar segura de que todo es silencio en la habitación de arriba, después me preparo para salir. Sin hacer ningún ruido, o casi. Llevo mi telescopio, el vestido de lana y suéteres, además de una manta para mantener el calor mientras examino el firmamento del dieciocho de noviembre.

256

He hallado nuevos caminos por los que atravesar el día. Duermo hasta tarde y no me despierto antes de que Thomas se haya marchado. Me siento en el salón o me quedo en la habitación. Abro latas y bolsas. Saco nueces y caramelos de las cajas bajo mi cama. Me gustaría poder invitar a Thomas a la fiesta, pero habría que contarle lo que ha pasado durante 256 días, y eso llevaría demasiado tiempo.

Por la noche me acuesto temprano, así estaré en forma para trasnochar, pero antes preparo mi cita con el cielo. Abro mi atlas de astronomía y me pongo a estudiar estrellas y planetas. En la estantería del salón he encontrado el mapa estelar del viejo Selter. Se puede girar para situarlo en la época del año que sea, así siempre puedes localizar tu firmamento. Yo sabía perfectamente que el mapa existía, así que el día después de mi viaje a Lille me lo llevé de la estantería del salón. Lo he situado a mediados de noviembre. Ha tardado un par de días en mantenerse ahí, pero ahora el disco ya no vuelve a la posición anterior durante la noche. Regresaba al firmamento de la primavera. Debió de ser ese cielo el último que fue observado. Quizá el mapa no se había vuelto a utilizar desde que Thomas y yo, durante una visita a su abuelo, contemplamos una de las constelaciones de primavera. No recuerdo por qué razón el viejo Selter sacó su mapa estelar ni qué se supone que teníamos que ver en el cielo, pero sí me acuerdo de que él giró el mapa para que pudiéramos observar las estrellas en la noche y averiguar sus nombres. Siento como si aquello hubiese sido algo que pasara en otra vida, incluso que se tratara de otro cielo completamente distinto, un cielo que cambiaba a lo largo del año. Ahora no es preciso que gire discos, solo necesito el firmamento de otoño.

259

Empiezo a sentirme como en casa cuando salgo fuera durante la noche. Miro hacia arriba y siento que es aquí donde resido, sobre un césped mojado del dieciocho de noviembre. Bajo lunas, estrellas y planetas. Habito bajo una luna terrestre de paisajes cenicientos, amplia y densa, cuajada de cráteres y lugares de alunizaje. Vivo bajo Saturno con un débil anillo, con una especie de neblina en torno a él. Habito bajo Júpiter y todas sus lunas. Consigo observar tres de ellas con el telescopio: Io, Europa y Ganímedes. Calisto se halla oculta detrás de Júpiter, de modo que no puedo verla, y las lunas menores son demasiado pequeñas para mi telescopio. No obstante, hallo otros cuerpos celestes, estrellas de todas las dimensiones; encuentro densas constelaciones mínimas y enormes linternas solitarias. Localizo a Cástor y Pólux. Me muevo bajo Orión. He descubierto las súbitas estrellas fugaces de las leónidas. He hallado ese lugar del firmamento desde donde lanzan sus breves trazos brillantes. Se repiten, se puede confiar en ellas, y yo de pie en el césped ajusto el telescopio para ver cómo pasan silenciosamente por delante de la apertura del telescopio. Vivo bajo las Pléyades, muy altas y diminutas, y me inclino hacia atrás, ajusto el telescopio y lo giro mientras las nubes cruzan el cielo.

Permanezco fuera a horas tardías de la noche, me siento como en casa, miro hacia el sur, hacia el norte, el este y el oeste. Respiro bajo el cielo estrellado, busco imágenes, enfoco. Luego regreso a casa y me acuesto. Respiro en una casa bajo un cielo estrellado y, después de haber dormido, me despierto con los sonidos de la casa y pienso que enseguida llega de nuevo mi cita con el cielo.

262

Todas las noches, una vez que he visto suficientes cuerpos celestes, llevo con sigilo el telescopio y mi manta al interior de la casa y los dejo en la habitación. Cierro la puerta que da al jardín. Echo el cerrojo con un levísimo clic, entro en la habitación de invitados y cierro detrás de mí.

He estado de pie sobre la hierba mirando el cielo, pero siempre regreso. A una casa donde Thomas duerme. Y soy silenciosa porque puedo despertar su pauta, puedo perturbarla, me muevo con sigilo. Thomas es quien vive aquí, mientras que yo soy una invitada.

Durante el día sigo los sonidos. Thomas ha dispuesto esa pauta en su casa. Ya estaba funcionando cuando regresé de París. Puede que antes, pienso. Es su pauta y yo no formo parte de ella. Nuestros días juntos fueron una irrupción en ella, pero ya no irrumpo. Escucho y me adapto. Oigo el agua por las tuberías. El hervidor sobre el quemador. Conozco el sonido de la lluvia y los ruidos de la cocina y el salón. Para Thomas no es más que un día, situado entre otros dos, pero para mí su día normal y corriente representa un patrón. Él actúa y hace pausas, se halla dentro o fuera de casa, es sonido o silencio. Yo me inscribo en los límites de su marco. Él lo ignora, pero yo escucho y busco caminos a través de su día, y por las noches me visto para las estrellas. Llevo lana, me pongo pieles, me visto para la oscuridad, me quedo de pie en la hierba mirando el cielo y, después de haber estado allí fuera, vuelvo a entrar, cierro la puerta y me acuesto en una cama que se ha quedado fría. Pero da igual, me tiendo en la cama totalmente vestida y me envuelvo en el edredón.

Descanso en la habitación de invitados porque soy una invitada. Me encuentro en la cama porque estoy durmiendo. He observado el cielo y me he sentido como en casa bajo las estrellas. Aprendo a conocer el firmamento. ¿Soy una oveja que mira las estrellas o un monstruo diminuto vestido con lana?

274

El telescopio es un error. Mejor dicho, constituye un error si pensaba que él podía empequeñecer a los monstruos.

He estado fuera todas las noches. Me siento como en casa. Habito en la oscuridad y he permanecido ahí creyendo que me volvería más pequeña al contemplar la exorbitante enormidad del firmamento, pero no ha sido así. No con un telescopio. Los ojos se agrandan hambrientos, importunan, invaden. Se entrometen en los asuntos del cielo, y noto cómo crezco cuanto más aprendo sobre el firmamento, cuantas más estrellas reciben un nombre, cuanta más superficie lunar logro ver. Invado el espacio, lleno el mundo. Es otra manera de ser un monstruo. En la oscuridad. En el jardín. Con ojos voraces. Un monstruo vestido con lana.

Lo noto cuando entro en casa tras una noche en el césped. El cielo ya no logra que me sienta un monstruo diminuto. Siento que la habitación se estrecha en torno a mí. Igual que la ropa cuando uno aumenta de tamaño. Como ese abrigo de la niñez que se quedaba pequeño antes de que llegase la primavera. Pienso en mi hermana, que tenía que heredar mi abrigo, en el forro ya desgastado y la sensación de tirantez en los hombros.

Pero seguí creciendo mientras llevaba el abrigo y comenzaron a quedarme cortas las mangas, el forro empezó a deshilacharse y mi hermana me ayudó a agrandar los agujeros, porque si al llegar la primavera el abrigo seguía entero, lo guardarían hasta el otoño y entonces ella lo heredaría. Ella quería uno nuevo, no el mío viejo. Así que nos aliamos, lo rasgábamos un poco y metíamos luego el dedo, y al llegar la primavera el abrigo estaba demasiado agujereado para que alguien lo heredase, de modo que en el otoño ambas tuvimos abrigos nuevos. Los dos azules, el mío era el más grande. Las mangas me quedaban algo largas, pero antes del invierno había crecido y el abrigo ya me estaba bien.

Ahora vivo en la habitación de una casa que se estrecha, se me está quedando pequeña, y de vez en cuando doy vueltas por el pueblo buscando una nueva.

276

Hay casas vacías en Clairon. Unas se alquilan, otras se venden, y algunas simplemente están vacías porque sus habitantes no se encuentran en ellas el dieciocho de noviembre.

Ignoro de qué forma va a servir de ayuda, pero he empezado a echar un vistazo a las casas. A veces camino por las calles en mitad de la noche. O paseo con el paraguas durante el crespúsculo mirando si hay luces encendidas en las casas. Y nuevamente cuando ya ha anochecido. Me escabullo de casa y doy una vuelta comprobando que algunas de las casas sin luces siguen a oscuras. He estado en los jardines buscando llaves dentro de los cobertizos, bajo el farol del escalón de piedra o en el tiesto junto a la puerta trasera. En ocasiones me acompaña la suerte y he entrado en casas ajenas en mitad de la noche, pero no he encontrado ninguna donde pueda vivir.

279

Hoy he ido a la inmobiliaria de la rue Charlemagne. Me marché en cuanto Thomas se ausentó por primera vez. Previamente fui a la inmobiliaria de la place Mignolet. Pregunté por algunas de las casas que yo había estado observando durante la noche y dos de ellas se vendían, aunque no creo que se hallen en el lugar apropiado. En la inmobiliaria de la rue Charlemagne encontré varias casas y solicité ver una de ellas, pero el agente no disponía de tiempo. Me propuso quedar al día siguiente y, cuando le dije que yo no tenía posibilidad de volver, me ofreció prestarme una llave de la casa para que, si quería, le echara un vistazo por mi cuenta. Sí que quería. Tomé la llave, salí a la lluvia y hallé rápidamente la casa situada en la rue de l'Ermitage, una de las calles que conducen al bosque, el

145

río y el antiguo molino de agua, pero no en el camino que Thomas sigue durante su paseo, sino a pocas manzanas de dicha ruta.

Era una casa enlucida de muros gris claro. Disponía de cocina y baño, frigorífico, fogón y caldera eléctrica, una sala de estar en el piso de abajo y habitaciones en la primera planta, con mesas, camas y todo lo demás. Saltaba a la vista que nadie había vivido en ella desde hacía tiempo: el frigorífico estaba abierto para que no se formase moho, las camas carecían de sábanas, pero, por lo demás, tenía todo lo que yo necesitaba. Permanecí allí un cuarto de hora mirando la casa. Solo debía llevar allí ropa de cama, mi bolso, mis libros, mi ropa. Y el telescopio. Entonces ya podría mudarme. No parecía entrañar demasiada dificultad.

Al volver di un rodeo para ir al cerrajero a que me hiciera una copia de la llave. No me iba a resultar fácil, pensé, si bien había visto lo sencillo que sería mudarse, no me iba resultar fácil alejarme de Thomas, aunque ya solo me quedaran sus sonidos.

Una vez que hube devuelto la llave, regresé a la casa de la rue de l'Ermitage. Mi llave abría, me senté en la sala de estar y noté que olía un poco a moho. La calefacción estaba apagada, por lo que los radiadores no calentaban, pero sí había electricidad y podía procurarme un calefactor. Empezó a llover mientras me encontraba allí sentada. La lluvia sonaba diferente que en nuestra casa, puede que se debiera a la inclinación del tejado, la dirección del viento, no lo sé, pero tamborileaba con menos estruendo, un sonido más blando quizá. Era mediodía y reconocía los intervalos en los que caía la lluvia. La cocina ofrecía vistas a los campos y al otro lado había un pequeño patio grisáceo. No vi a los vecinos y, dada la ubicación de la casa, difícilmente repararían en mí en caso de que me mudara.

281

Ayer visité una inmobiliaria más. La agente tenía tiempo para mostrarme una casa que me interesaba y me propuso además un par de casas que podía ver en ese momento. En una de las fincas, la llave se hallaba debajo de un tiesto. La casa era mejor que la de la rue de l'Ermitage. No olía a moho, pero los vecinos estaban demasiado cerca y desde su salón podían ver la cocina. Llamaría su atención si me mudara. Y llamar la atención no es lo que busco.

En otra casa, la agente de la inmobiliaria tomó la llave de un gancho en el interior de una caseta que estaba llena de leña. Pensé entonces que en esa casa podría encender la chimenea y sentarme en el salón con un libro, pero la leña no tardaría en agotarse, la veía desaparecer poco a poco, notaría el paso del tiempo y cómo el monstruo consume su mundo. Al final, elegí la casa gris de la rue de l'Ermitage. Compré un calefactor y llené una bolsa con provisiones de mis cajas bajo la cama. Guardé el telescopio en su estuche y metí mi montón de papeles en una carpeta de cartón negro que encontré en el despacho. Durante la ausencia de Thomas reuní prendas, cogí la ropa de cama que había dejado en la estantería de la habitación de invitados, guardé en mi bolso mi pila de libros, más algún otro de la librería del salón, y lo llevé todo a mi casa nueva. Después regresé a la habitación.

Me sentía confusa. Sentada en la habitación de invitados notaba cómo me asaltaban las dudas y en varias ocasiones a lo largo de la tarde estuve tentada de levantarme, salir al pasillo, llamar a la puerta del salón y contarle todo a Thomas, tal vez pedirle que se mudara conmigo o a lo mejor proponerle que nos marcháramos lejos, pero no fui más allá de discurrir acerca de si debía llamar a la puerta del salón antes de entrar o no hacerlo. Ignoro por qué iba yo a llamar a la puerta. ¿Los monstruos llaman o sencillamente irrumpen de golpe? Como si fuera menos aterrador recibir la visita de un monstruo educado.

288

Estoy sentada en la casa gris de la rue de l'Ermitage. Acabo de echar un vistazo a un viejo libro de jardinería que he encontrado en el desván dentro de una caja con libros. El capítulo sobre el huerto provechoso no parece de gran provecho, ya que no se pueden cultivar huertos un dieciocho de noviembre y, además, esta casa no cuenta con jardín. No se ven hileras de puerros ni de acelgas, ni cebollas dentro de cajas en el cobertizo, tampoco hay planificaciones de rotación de cultivos colgadas. No necesito pensar que es noviembre, que me he quedado sin estaciones. No tengo razones para pensar que soy una invitada, puesto que no hay nadie más en la casa. No oigo pasos en la escalera o el suelo mientras estoy sentada en silencio a la mesa de la cocina. No percibo el roce de una mano o una manga contra la pared, ni ruidos de hervidores al ponerlos sobre un quemador. Cuando abro el frigorífico, la puerta se cierra silenciosamente por sí sola, lo único que se oye es el zumbido de las tuberías que yo misma ocasiono.

Estoy sola. Sola y a salvo. Me encuentro a salvo de zumbidos y corrientes, crujidos y roces, de puertas de frigorífico contra encimeras, de idas y venidas, tintineos y chasquidos, del abrir, cerrar y golpetear. Pero de la lluvia no puedo librarme. La oigo sobre el tejado y cuando arrecia la veo contra el cristal de la cocina. Disuelve el paisaje al otro lado de la ventana, que luego regresa de nuevo. Mismo día, mismo tiempo atmosférico, misma lluvia. Sin embargo, he logrado que desaparezca el olor a humedad. He eliminado de los rincones algún hongo que había en el papel pintado, he limpiado el frigorífico, pues, aunque lo dejaron abierto, tenía algo de moho, y he fregado el suelo de la cocina. Cuando la casa se enfría, pongo mi calefactor, y si eso no es suficiente, enciendo el horno de la cocina. También cuezo pan o cocino a fuego lento comidas que silban suavemente en el fogón. Así que algún sonido sí hay.

298

Lo noto sobre todo por la mañana. A veces siento que me despierto en un día totalmente diferente. Pienso que es septiembre. Por la luz que entra por la ventana o un soplo de aire al abrir mi puerta. Una brisa tibia que desaparece de nuevo pocos segundos después. Fugaces indicios que asoman y se desvanecen, como si hubiera hendiduras en mi día, como si discurriera otro tiempo bajo mis días, un año normal que se filtrara hacia arriba. Busco hendiduras, voy hasta el pueblo y me encuentro con septiembre, venteo igual que un perro. Dura un instante y se esfuma de nuevo.

317

He empezado a hacer planes. Es en el bosque donde hago planes. No los trazo por las noches en el patio detrás de la casa ni mientras estoy con el telescopio en la oscuridad. Tampoco cuando recorro las calles bajo mi paraguas, con un bolso al hombro, pensando si pareceré un monstruo o un ser humano. Hago planes entre árboles, por los senderos del bosque y los claros tapizados de hojas amarillas y pardas. Fui a buscar mis botas de invierno durante una ausencia de Thomas. Estaban arrinconadas en un armario de la entrada, y ahora paseo por el bosque. No sigo la ruta de Thomas ni voy a su encuentro. Me aproximo a los caminos por los que pasa, pero antes de llegar a ellos me desvío y tomo otra dirección. No me siento preparada para encontrarme con él. Doy media vuelta y regreso. Los senderos están mojados. Mis pies resbalan ligeramente al pisar las hojas, y allí donde no hay hojas noto la tierra húmeda. Ella tira de mis botas, me mantiene adherida, y al andar tengo que tirar levemente de los pies hacia mí.

Thomas elige otras sendas. Sigue senderos de piedra o grava, mientras que yo voy vestida para caminos de hojas y tierra, evito el río y el antiguo molino de agua, me desvío para internarme en el bosque, estamos en noviembre, pero los árboles en medio del bosque aún no han perdido las hojas, entonces me viene a la mente septiembre o puede que octubre. Tengo la sensación de que el bosque se hubiese abierto. Hay algo debajo de mi día de noviembre y el bosque tira de mí como si quisiera que me quedase. Se adhiere a las suelas, creo que quiere contarme algo sobre septiembre y octubre, pero yo sigo adelante, sé que es noviembre.

Salgo en diferentes momentos del día. Llueve un poco o el sol consigue asomar entre los árboles. A primeras horas de la tarde voy bordeando el bosque, junto a los campos. Me preparo. Hago planes por los senderos y bajo la lluvia, y después de haber caminado a través del bosque regreso a la casa de la rue de l'Ermitage. A veces llego mojada por la lluvia, otras simplemente helada, pero entonces llevo mi calefactor a la cocina y cierro la puerta, enciendo el aparato, hiervo agua en mi hervidor, pongo el horno, que tiene gratinador en la parte superior, y tuesto pan bajo la resistencia naranja, y antes de que quiera darme cuenta hace calor en la cocina y el día ha terminado.

339

Venía caminando hacia mí. Thomas. No me vio hasta que no estuvo a mi lado. Yo no era más que una persona en un banco, pero entonces me volví Tara ante sus ojos.

Me había sentado en el banco que hay junto al muro de piedra, justo donde comienza el bosque. En el aparcamiento, situado un poco más allá, había un par de coches, pero no vi a nadie antes de que Thomas viniese por el camino. Lo atisbé entre los árboles, marchando sin cartas ni paquetes, únicamente con su bolso al hombro.

No esperaba encontrarme en el bosque. Él creía que yo estaba en París. Venía caminando, lo saludé con la mano y se paró en seco, sorprendido.

A continuación le conté todo. Le pregunté si quería sentarse a mi lado en el banco. ¿O a lo mejor prefería caminar por el bosque? Prefería ir al bosque, me dijo, y fuimos andando uno al lado del otro mientras le contaba, una vez más, toda la historia del dieciocho de noviembre, en esta ocasión con fantasmas y monstruos incluidos, sin olvidar los telescopios, los agentes inmobiliarios y una casa gris donde la puerta del frigorífico no choca contra la encimera, sino que regresa y se cierra por sí sola, mencionando botas de invierno y tierra que se adhiere a las botas al caminar.

Fuimos evitando los senderos más húmedos. Anduvimos sobre grava y piedra, seguimos la ruta que él hace cuando baja hasta el antiguo molino de agua junto al río. Marchamos por sendas a lo largo de la orilla y llegamos de nuevo al aparcamiento poco antes de que empezase a oscurecer. Insistí en que viniese conmigo. Dudaba. Le había hablado de la casa en la rue de l'Ermitage, pero no le había contado mis planes.

Abrí la puerta. Él era mi invitado, aun cuando yo tuviera la casa únicamente en préstamo. Serví el café en vasos, porque no tenía más que una taza, pero sí había muchos vasos en el armario, de modo que serví el café y nos sentamos en la cocina escuchando cómo llovía. Al haberle traído a cubierto, se había librado de la lluvia. Yo tenía chocolate con naranja, pero no lo había comprado en los supermercados habituales, sino en una pequeña boutique de especialidades próxima a la place Mignolet.

El plan era, le dije, regresar a París. Quería cerrar mi círculo. Quería estar allí el dieciocho de noviembre, cuando este volviera después de un año. Y deseaba que él me acompañara. Necesitaba ayuda. Necesitaba un ancla, un salvavidas, un cabo de amarre. Alguien que sirviera de sujeción. Llevaba 339 días. Iba camino de un año. ¿Estaba segura? Sí, muy segura. O prácticamente. Cuando hubiera acumulado 365 días, habría pasado un año, ya que no era año bisiesto, le dije. Lo había comprobado.

Le conté que notaba otro tiempo bajo mis días de noviembre, un año con septiembre y octubre. El mundo era poroso, tenía hendiduras, yacía otro año debajo. Ya lo había pensado con anterioridad, pero era ahora cuando podía percibirlo de verdad. Después de que me mudara a la casa de la rue de l'Ermitage. Había terminado de convencerme durante mis paseos por el bosque. Un nuevo dieciocho de noviembre estaba en camino y esa tenía que ser la vía de salida: montarse de un salto en ese dieciocho de noviembre cuando pasara de nuevo, agarrarse para encaramarse y subir a bordo de un tiempo reconocible. Podíamos hallar el camino juntos. Teníamos que encontrar la puerta que nos permitiera salir del dieciocho de noviembre. Debíamos regresar al lugar donde todo comenzó. ¿Quería acompañarme? Él sería mi ancla, mi salvavidas, mi cabo de amarre. Nos alojaríamos en el Hôtel du Lison como solíamos hacer, y tras levantarnos bajaríamos a desayunar. Podríamos ver cómo se deslizaba la rebanada de pan. Atraparla antes de que cayese, quizá. Tendríamos la posibilidad de enmendar el día. Devolver los libros a sus estanterías. Visitar a Philip y Marie, sentarnos junto al mostrador de la tienda. El sestercio estará en una urna transparente sobre el mostrador. No me cabía duda. Hallaríamos la estufa de gas con polvo y todo lo demás en la trastienda. Philip y Marie se sentarían en torno al mostrador. Podríamos reajustar el día.

Él dudaba. ¿Cómo íbamos a saber lo que debíamos hacer? Había diversas opciones, hallaríamos la correcta, le dije. Encontraríamos una salida juntos. Dibujé distintos escenarios. Podíamos repetir ambos mi primer dieciocho de noviembre y acabar el día en la tienda de Philip y Marie. Sacar la estufa de gas de la trastienda, encender el aparato y quemarme la mano. Podíamos repetirlo todo, dije, pero él no estaba convencido: ¿de qué iba a servir repetir un día que ya se repetía a sí mismo de todas formas?

O podíamos hacer lo contrario, le dije. Algo distinto. Un reflejo especular. Una contraposición. Por ejemplo, que él repitiera mi día. Tal vez fuera eso lo que había que hacer. A lo mejor era él el que faltaba. Yo podía ponerle al corriente de todos los detalles. Resultaría fácil. Cierto que había una herida de por medio, pero solo sería un momento. Cuando empezase a hacer calor en la tienda, tenía que levantarse y darle a la estufa un fuerte empujón, poniendo la mano sobre el metal recalentado en el borde superior del aparato. Pasaría rápido. No notaría casi nada. Había cuencos y agua fría en la tienda. Podría ponerse apósitos y crema antiséptica. En el hotel tenían cubitos de hielo, yo estaría preparada para ayudarlo, no debía preocuparse.

Vi que miraba a su alrededor en la cocina, se movía inquieto en la silla y que lanzaba una mirada a la puerta que daba a la entrada. Buscaba una salida.

También podíamos hallar maneras distintas de enfocar el día, añadí de inmediato. Qué versión fuera finalmente, ya lo decidiríamos una vez allí. Pero sí estaba segura de que debíamos esperar hasta que se hubiera cumplido un año, a que el dieciocho de noviembre regresara de nuevo. Yo había notado cómo el año se colaba entre las hendiduras del dieciocho de noviembre. Le insistí en que, si prestaba atención, tal vez él podría percibir el mes de octubre. Dentro de poco llegaría noviembre, y cuando nos acercáramos al dieciocho, tendríamos que marcharnos.

Él me miró. Vi que creía que me había vuelto loca, que estaba trastornada, que era mentalmente inestable. Echó un vistazo en torno a la cocina. Parecía cansado, y de pronto percibí el olor a moho que creía haber erradicado. Fijé la vista en nuestros vasos vacíos, en cuyo fondo se veía un cerco de líquido oscuro que se había acumulado, y noté el frío, a pesar de haber encendido el calefactor cuando entramos.

Thomas opinó que debía regresar con él a nuestra casa, además tenía hambre. Empujé lo que quedaba de chocolate hacia su lado de la mesa, pero no comió. Aguardamos a que la lluvia aminorara, entonces apagamos el calefactor y salimos. De camino pasamos delante de una pizzería y entramos a comprar una pizza para cenar, y, tras unos instantes de vacilación, nos llevamos dos diferentes porque no lográbamos decidirnos.

De inmediato me puse a calcular la repercusión que aquello habría tenido en el mundo si hubiésemos vivido de ese modo el dieciocho de noviembre desde que volví de

París: 676 cajas de pizza, 676 pizzas; sin embargo, no dije nada y, mientras yo esperaba a que nuestra comida estuviese lista, Thomas fue a un vinatería un poco más allá en la misma calle y compró dos botellas de vino, una de blanco y otra de tinto, porque no pudo decidirse.

Podía notar en él toda su perplejidad. Tal vez tenía razón: me había vuelto loca. Pero él estaba intercambiando causa y efecto. No era que estuviera tan loca como para imaginar que había pasado por el dieciocho de noviembre 339 veces. Me había vuelto loca por estar 339 veces en el dieciocho de noviembre. El dieciocho de noviembre me había vuelto rara. Quería escapar. Deseaba que él me ayudara, pero yo ya sabía que mi deseo no se iba a cumplir. Estaba claro. Se hallaba prisionero de su pauta y no podía prestarme ayuda.

Él habría preferido no tener que creerme, pero eso no era posible. Nada más empezar a caminar por el bosque, le conté que poco después llegaría un coche al aparcamiento que se encontraba a nuestras espaldas, podía informarle de cuándo iba a asomar el sol y predecir la evolución de la lluvia con todo detalle. No tenía más remedio que creerme. Pero probablemente llevaba razón en que estaba trastornada. Había perdido el juicio. No había sido capaz de conservar mi raciocinio. Eso lo ponía nervioso. Le hubiera gustado saltarse la tarde y despertar en un mundo normal. Pero tampoco eso era posible.

Pasamos el resto del tiempo en los sillones con pizza y vino tinto. Resultaba obvio que no deseaba ir conmigo a París. No quería participar en mis planes. Pensaba que no serviría de nada. Opinaba que debíamos esperar. Quedar-

me con él en casa. Hasta mañana, dijo. Se refería al diecinueve. Pero mañana volverá a ser dieciocho, dije yo. Él no
estaba seguro. Creía que teníamos que ir viéndolo día a
día. Insistió. Tal vez cabía la posibilidad, dijo, de que nos
despertáramos de pronto el diecinueve de noviembre. Porque antes o después el tiempo tendría que volver a avan-
zar, añadió. Quizá de forma repentina. Puede que mañana
mismo. Tal vez la falla del tiempo se arreglara por sí sola,
nos iríamos a dormir y quién sabe si a lo mejor nos despertábamos como T. y T. Selter en una casa de Clairon-
sous-Bois... el diecinueve.

Esperaba que lo dijera. Pero no de esa forma. Sonaba
como si lo hubiera dicho solamente para no tener que
acompañarme, no porque estuviera en el sillón con una
pizza y un sentimiento de esperanza que quisiera compartir conmigo. Pero puede que eso fuera pedir demasiado.
Quizá no debería haber sugerido que se quemara la mano.
Aunque sé bien que el resultado no había dependido de
eso. Él habría contestado que no de todos modos. Simplemente le había brindado una escapatoria. Un motivo para
no venir conmigo. Le había tendido la mano.

Insistí en que teníamos que trazar algún plan. En su
opinión era mejor esperar. No todo es susceptible de planificación, afirmó. A veces, únicamente debes estar preparado. Tomar los días como vienen, mantenerte alerta. Algo
se presentará. Una posibilidad. Una salida de emergencia.
O quizá fuera mejor que yo misma viajase a París, dijo. Mi
mirada aguda me guiaría. Si me movía por la zona en las
fechas en las que se cumpliría el año. Con tus aptitudes,
dijo, para captar los detalles.

Lo decía porque no deseaba viajar conmigo. Quería seguir en su patrón. Yo lo sabía, él lo sabía, y no había motivos para contradecirle.

Thomas sugirió que nos fuésemos a dormir. Que debíamos dejar abiertas las posibilidades de la noche. No le llevé la contraria, aunque, más tarde, una vez que él se hubo dormido, salí del dormitorio a hurtadillas. Bajé las escaleras, recuperé mis botas de invierno en la entrada, me las até y descolgué mi abrigo del perchero. Me lo puse y con sumo cuidado abrí la puerta, pero, justo cuando me marchaba, oí a Thomas en las escaleras. Dijo que sabía perfectamente adónde iba. Asentí en la oscuridad, cerré la puerta tras de mí y desanduve las calles para regresar.

El cielo nocturno estaba cubierto casi por completo de nubes, pero la nubosidad empezaba a abrirse, las nubes se desplazaban hacia el nordeste mientras yo regresaba a mi casa de la rue de l'Ermitage. Había luz en la ventana de la cocina, porque habíamos olvidado apagarla al marcharnos, y la puerta no estaba cerrada con llave. La casa se notaba fría, pues sí nos habíamos acordado de desconectar el calefactor. Sobre la mesa se veían nuestros vasos, que retiré de allí, y el resto de chocolate, que me comí, después de haber ido a por mis papeles y sentarme a la mesa.

Todavía no me he quitado las botas, pero he dejado el abrigo en el respaldo de una de las sillas. Aún tengo planes. O algún tipo de plan. No sé si pueden seguir llamándose planes ya, siendo tan dispersos y abiertos. Se trata de diversos escenarios y posibilidades, no de auténticos planes. Me represento la salida del dieciocho de noviembre. Ignoro cuál será la vía, pero sí sé que Thomas no me acompañará.

340

Un día de octubre, pensé cuando desperté ya muy entrada la tarde, pero descansada, lúcida. Estaba tumbada en la cama, completamente vestida, solo me había quitado las botas y el abrigo. Mis botas estaban tiradas por el suelo, la luz entró por la ventana un instante antes de que una nube volviese a tapar el sol. Un momento después la nube había pasado y el sol brillaba a través del cristal, me levanté, recogí las botas y me las llevé al bajar las escaleras. Las dejé en el pasillo y abrí la puerta del patio, cuyas baldosas iluminaba el sol desde un trozo de cielo azul de octubre, y poco después, cuando de nuevo me pareció noviembre, cerré la puerta y me senté a la mesa. Tengo los papeles frente a mí, el abrigo se halla todavía en el respaldo de una silla, aquí hace fresco, pero he encendido el calefactor y he calculado que debe de ser el veintitrés de octubre. Tiene que serlo, lo noto. Estos rayos pertenecen a un sol de octubre, aunque no los vea más que fugazmente.

348

Empiezo a notar inquietud. Cuento los días y en mi bloc he escrito # 348. Cuento días de noviembre, pero, si presto atención, puedo percibir las últimas trazas de octubre.

Me preparo para marcharme de viaje. Hago el equipaje. Ayer, mientras Thomas no estaba, volví a llevar a casa lo último que me quedaba: un par de libros, algunos utensilios de cocina, una lata de betún y un cepillo para el calzado que había tomado prestados. Mis botas de invierno han regresado al armario donde las encontré. He tomado papel de la estantería de la habitación de invitados para guardarlo en el equipaje junto con algunos lápices y un bolígrafo. Como si fuera a haber algo que contar.

Ya había recogido las últimas cosas que quedaban en la habitación de invitados y estaba a punto de marcharme de casa cuando se me ocurrió pensar que debería llevarme el teléfono. Busqué por todo el cuarto y al final lo encontré: se había caído al suelo cubierto de polvo bajo la cama. No funcionaba, por supuesto, pero rápidamente lo metí en el bolso, salí, cerré la puerta tras de mí y guardé la llave en el bolsillo frontal de mi bolso.

Parecía una despedida. Era una invitada a la que habían prestado la llave guardada en el bolso. Debería entregarla, pero en lugar de ello fui al pueblo para que revisaran mi teléfono. Fallaba una tarjeta SIM o una tarjeta de memoria y estaba descargado, pero no tardó mucho en funcionar otra vez. Compré un cargador nuevo, pues no sabía qué había sido del anterior, y ahora ya sí considero que estoy preparada para viajar. He guardado mi pasaporte, sacado ropa y reunido mi pequeña pila de libros del diecisiete y dieciocho de noviembre, que he colocado sobre la mesa. He agrupado mis papeles dentro de la carpeta negra con gomas, tengo mi bloc de notas con las rayas de los días y los números. Está todo aquí, junto a mí, en la cocina de la rue de l'Ermitage, y me preparo para marcharme. Quiero salir del dieciocho de noviembre. Deseo encontrar el camino y noto la inquietud al pensarlo.

349

Ahora soy capaz de percibirlo: un año corre bajo mis dieciochos de noviembre. No puedo interpretarlo de otra manera, es un círculo que cierro. Me encamino hacia la salida de mi año de noviembre. Voy a ingresar en un nuevo año, en otro tiempo.

Por la mañana abandoné la casa de la rue de l'Ermitage, cerré la puerta con llave y dejé la llave debajo de una maceta del patio. Fui a la estación, me subí a un tren que iba a Lille y luego continué mi viaje hasta París. Ahora, en las primeras horas de la tarde, me encuentro en mi habitación del Hôtel du Lison. Es la misma ciudad, la misma habitación y, no obstante, se trata de algo diferente. Un año que se acerca a su término. Allí tengo que dirigirme, hacia un final con hendiduras y superficies fracturadas. Estoy en camino.

Cuando abrí la puerta del Hôtel du Lison y entré, la recepcionista alzó la mirada separándola de su pantalla y alargó la mano en busca de la llave de la habitación número 16 como si nada hubiera pasado. Cogí la llave y subí las escaleras que conducían a la habitación de la que me marché hace casi un año. La cama estaba hecha y sobre la colcha había alguna cosa que me pertenecía: un paquete de pastillas de menta y un bolígrafo verde oscuro con el rótulo 7ÈME SALON LUMIÈRES, que me traje de la subasta del diecisiete de noviembre, y que debí de dejarme cuando me marché.

La habitación no resultaba nada hogareña. La conocía de sobra, y aun así no me parecía acogedora. Tampoco sé si tengo un hogar. La casa de Clairon ya no es mi hogar, con Thomas yendo y viniendo bajo los dictados de su pauta. Seguro que habrá colgado su abrigo mojado en la entrada y anda recorriendo escaleras y estancias. No considero mi hogar la habitación que da al jardín, al manzano y a una leñera. Mi hogar no se halla en la casa gris de la rue de l'Ermitage. No es ese mi lugar. Resido en el dieciocho de noviembre. Me he mudado a un día de noviembre, pero ahora quiero irme. No deseo pertenecer a él por más tiempo. Me preparo para saltar fuera del dieciocho de noviembre.

Me he sentado frente a la mesa de la habitación. Tomo pastillas de menta del diecisiete de noviembre. Proceden de un tiempo en el que los días se sucedían unos a otros. Dieciséis, diecisiete, dieciocho. Diecinueve.

Intento anudar el tiempo, llegar al diecinueve. Escribo con un bolígrafo verde pensando en el diecinueve de noviembre: acércate, diecinueve, entra.

350

Ayer por la tarde pasé por delante del comercio de Philip Maurel. Habían encendido la luz en el interior y pude ver que Marie estaba sola. Caminé por la acera de enfrente arriba y abajo un par de veces, después crucé la calle, me detuve ante el cristal y miré dentro. Sobre el mostrador se veían tres monedas, expuestas cada una en su correspondiente urna transparente. Eran las cuatro y veinte, ignoraba cuándo regresaría Philip, solo que lo haría antes de las cinco. Dudé un instante, pero me decidí a bajar los pocos escalones que conducían hasta la tienda, abrí la puerta y entré. Marie vino desde el otro extremo sin dar muestras de reconocerme. La saludé y le pregunté si podía ver las monedas expuestas. Me las enseñó y amablemente me explicó de qué monedas se trataba. Enseguida presintió que me interesaba en concreto la del centro y me contó que era un sestercio romano con la efigie de Antonino Pío. Asentí, alcé la urna y contemplé una moneda de extraordinaria similitud con aquella que yo le había regalado a Thomas. O mejor dicho: era la misma. No es preciso fingir que albergo alguna duda. Era mi sestercio, que había vuelto a su sitio en el mostrador. A un lado del sestercio se encontraba una moneda de plata con una representación de Cástor y Póllux, y, al otro, un denario de cobre con la imagen del faro de Alejandría. Se trataba de las mismas monedas que estaban en el mostrador mi primer dieciocho de noviembre, y no tenía ninguna duda de que ese sestercio era la moneda que yo compré.

Titubeé. Durante un breve instante pensé en buscar la manera de entrar en la trastienda para comprobar el polvo sobre la bombona de gas azul, pero no había tiempo, y de repente sentí que debía moverme con enorme cautela por el dieciocho de noviembre si albergaba esperanzas de escapar de él. Tuve miedo de iniciar el engranaje del día, así que, de forma demasiado súbita y tal vez algo grosera, le di las gracias a Marie y salí con premura de la tienda. Subí deprisa los escalones y crucé la calle para meterme en un pequeño colmado, donde cogí una cesta y me interné entre los estantes, justo en el momento en el que vi llegar caminando a Philip, que se situó delante del cristal de la tienda, saludó a Marie y bajó las escaleras que conducían a su comercio.

Eran las cinco menos cuarto cuando abandoné el colmado pocos minutos después. Miré a mi alrededor y me apresuré a caminar a lo largo del muro, crucé la calle y seguí por la rue Almageste. Sin lugar a dudas, me hallaba en el mismo dieciocho de noviembre de la última vez. Delante de un comercio en esa misma calle más abajo, distinguí un perro negro parduzco sentado, esperando a su dueña. Estaba segura de haber visto a la señora salir del comercio y recoger al perro poco antes de que yo llegase a la tienda de Philip en mi primer dieciocho de noviembre, y en efecto, al momento la dueña del perro salió del comercio llevando en la mano una bolsa de plástico color turquesa fácilmente reconocible y desató la correa del perro, amarrado a una reja cerca de la puerta del comercio.

En las calles en torno a la rue Almageste estaba empezando a oscurecer. Avancé por la rue Renart hasta llegar a la pequeña plaza donde desemboca la calle, y después de atravesar el passage du Cirque, crucé el boulevard Chaminade y me senté en un café situado justo en la esquina de la rue Rainette.

Son calles familiares para mí, porque viví aquí tiempo atrás durante un año, cuando era estudiante. Fue en una época anterior a mi encuentro con Thomas, al que conocí tan solo un par de años después, y más tarde a Philip, por medio de unos amigos comunes que residían en un apartamento en el passage du Cirque. Aunque ellos se mudaron hace mucho, sigue habiendo calles y parques que conozco muy bien, dado que en esta zona se halla la tienda de Philip, también el Hôtel du Lison, comercios que he frecuentado, y están los colegas de las librerías anticuarias. Son lugares a los que he regresado a menudo, sola o en compañía de Thomas, pero ahora ese mundo archiconocido está en un tiempo que se ha detenido. Deseo un mundo en el que el tiempo pase. Un mundo donde el dieciocho de noviembre sea un día como todos los demás, un día que se pueda dejar atrás.

Cuando un rato después abandoné el café para regresar al hotel, pasé junto a un anticuario en el que nunca había entrado. La luz del escaparate se derramaba sobre unas filas de libros colocados en una estantería delante de la tienda. Se veía un trozo de plástico grisáceo plegado, preparado para ponerlo por encima de los libros en caso de que volviera a llover. Pero no era necesario. Podría haberles dicho que podían volver a llevarse tranquilamente su plástico al interior, pues no empezaría a llover hasta muy entrada la noche, mucho después de que el comercio ya hubiese cerrado y los libros se encontraran a salvo dentro de la tienda.

Me detuve un instante, pero no llegué a entrar. En lugar de ello regresé a mi hotel y una vez allí me acosté, y ahora he vuelto a despertarme en el mismo dieciocho de noviembre. He desayunado con el consabido periódico y he visto caer una rebanada de pan, un gesto discreto a la hora de recogerla, un plato con un cruasán, todo ello muy reconocible.

354

¿Cómo puedo salir del dieciocho de noviembre? ¿De qué forma me metí en él? ¿Entré por la puerta equivocada? ¿La puerta de las repeticiones? No lo sé. Voy alerta buscando salidas. Porque, si ha sido posible entrar, digo yo que también se podrá salir. Eso pienso. ¿Cómo abrir una puerta que no se abre? ¿De una patada? ¿Derribándola? ¿Prendiéndole fuego? ¿Mediante cerrajeros? ¿Pidiendo un deseo? ¿Con códigos secretos? ¿Palabras mágicas? No lo sé. Imagino que hay algo que tengo que hacer. Modificar alguna cosa. Enmendar un error. Que he de hallar el momento adecuado y entonces arremeter.

Aunque ya no estoy segura. Recorro las calles y de repente el dieciocho de noviembre se me antoja frágil, repleto de puertas que podrían abrirse sin dificultad de una patada. Atravieso la tienda de porcelana del dieciocho de noviembre. Vidrio. Cristal. Desde el suelo hasta el techo. Puedo moverme por el día como un elefante, como una mariposa. ¿Qué debo hacer? ¿Salir de mi día haciéndolo retumbar o flotar cuidadosamente de aquí para allá, revoloteando por el mundo ingrávida? ¿Soy una mariposa capaz de provocar tempestades al batir las alas o un elefante que toma impulso para derribar muros? Lo ignoro. Mientras recorro mis calles, pienso que hacer algo es fácil. Actuar no entraña dificultad. Abrir puertas de un empellón. Pero ¿y si resulta que no se trata de abrir puertas con violencia? ¿Y si hubiera que llamar a una puerta suavemente? Pero ¿a qué puerta?

355

Tiene que haber una diferencia a la que agarrarse. Una variación. Un cambio. Pero ¿cómo reconocer una diferencia? Lo ignoro; no obstante, si sé cómo es mi día, si conozco mis calles, me daré cuenta cuando ocurra algo nuevo.

Ya no pienso que haya algo concreto que llevar a cabo en relación con el dieciocho de noviembre, como unir las piezas de un puzle, girar un pomo, emprender una acción. No creo que tenga que irrumpir en los sucesos del día ni cambiar de sitio los objetos del dieciocho de noviembre.

Pienso que hay algo que debo ver, que algo nuevo eclosionará cuando haya transcurrido un año. Que ya ahora existen minúsculas fisuras. Me imagino un cambio en las calles que tan bien conozco, que en todas esas repeticiones surgirá una variación, una diferencia.

Pero ¿qué entender por diferencia? ¿Es un sonido? ¿Un olor? ¿Se trata de un color o de una forma? ¿Es verde o azul? ¿Cuán pequeña es mi diferencia? ¿Se trata de un suceso, de un acto? ¿Ocurre de repente algo inesperado? ¿Algo que salta a la vista o que resulta extraño? ¿Es de lo más cotidiano y totalmente corriente? ¿O algo que jamás sucede? ¿Se refiere a algo que falta? ¿Una desaparición?

Me imagino un nuevo dieciocho de noviembre, aunque desconozco en qué se diferenciará del antiguo. Pienso que el clima será distinto. Pero ¿más cálido o más frío? ¿Un chaparrón imprevisto? Imagino una fractura, un cambio. Mas ¿de qué manera se producirá ese cambio? ¿Ocurrirá cuando menos lo espero, o exigirá prestar atención, con-

167

centración? ¿Me guiará el oído, mi olfato, el tacto o la vista? No lo sé. Me voy fijando en los detalles. Me mantengo alerta y lista.

Espero, me preparo, hasta que el tiempo se cumpla. Y mientras llega el momento: paciencia, paciencia, paciencia.

356

No resulta fácil ser paciente cuando se desconoce lo que estás esperando. Es difícil fijarse en una diferencia entre la multitud de cosas que hay en el día.

Por donde quiera que vaya, asisto siempre al mismo espectáculo. Las mismas tiendas con los mismos comerciantes. El mismo cubo de basura abarrotado a la entrada del parque próximo a la rue Renart, del que se han caído tres bolsas de hamburguesería y una caja de pizza con letras en rojo que han ido a parar bajo un banco. En la quesería situada más adelante en esa calle se exponen los mismos quesos y dos de los carteles giran en torno a sus respectivos productos, igual que bailarines de ballet ejecutando piruetas cada uno en su escenario correspondiente. También encuentro la puerta verde con el grafiti en un raro color azul claro, donde una mujer espera con un pie puesto en el umbral e inspecciona la calle con la mirada, mientras otra mujer que lleva bolsas de la compra en ambas manos intenta decirle por señas que ya va para allá; alza una mano, pero la bolsa pesa demasiado y solo logra mover esta levemente.

Veo gente con abrigo y zapatos. Un hombre cruza una calle, saca un teléfono. Se abren puertas y se apagan luces. Las monedas de una mujer que va andando caen sobre la acera, bailan a su alrededor durante un instante, después se quedan quietas y ella las recoge una a una. La veo desde la acera opuesta, ella se encontraba ahí ayer y hoy también. Pero, si estuviera en ella la diferencia que busco, ¿qué podría ser distinto? ¿Se tratará de su mirada o de la cantidad de monedas que se desperdigan por el suelo, que en lugar de cinco de repente sean siete? ¿Cómo voy a percatarme de la diferencia? ¿A lo mejor son las farolas, que de pronto se encienden en otro momento? ¿Cómo iba a darme cuenta de eso? ¿Sucederá cinco minutos antes o dos minutos más tarde?

Tengo que conocer mi paisaje para percibir si la luz cambia. Recorro mis calles, vigilante, leo todo lo que sucede en ellas y lo almaceno en mi memoria.

361

Me siento como en casa entre el trajín de las calles. Conozco mis calles. He mirado hacia arriba a las ventanas de las casas y hacia abajo a la acera, he leído periódicos en los cafés y observado a la gente que entra y sale. Cada día son las mismas personas y los mismos periódicos. He estado en las inmediaciones de Maurel Numismatique. He visto a Marie colocar un cartel en la calle a la hora de abrir y a Philip apagar la luz de la tienda, lo he visto cerrar la puerta y lo he seguido hasta un café, donde a las ocho y cuarto se reencuentra con Marie. Los he observado a distancia. No quiero molestarlos. No quiero trastornar su día.

He oído ambulancias y coches, también un timbre de bicicleta que hizo que dos peatones se sobresaltaran. He caminado por senderos de grava en el pequeño parque próximo a la rue Renart, a lo largo de aceras matinales mojadas por la lluvia y calles secas a primeras horas de la tarde. He oído el ruido producido al vaciar los contenedores de vidrio por las mañanas y a las furgonetas dando marcha atrás a través de pasajes estrechos. He visto una camioneta detenerse para entregar sillas de oficina y dos hombres atravesar la acera arrastrándolas hasta el interior de un edificio, de dos en dos, en ocasiones de tres en tres, todas negras, con ruedas y fundas de plástico, cuarenta y siete en total. Las he contado.

362

Es un mundo que conozco, y estoy preparada. Para saltar. Y agarrarme a una repentina variación. O puede que preparada para zambullirme, se me ocurre. ¿Por qué tendría que ser un salto? Tal vez deba disponerme a contener la respiración.

Voy alternando. Sentada en la habitación número 16 pienso que no sé si hay que saltar o bucear. Si un instante transito cuidadosamente por el día, dispuesta a saltar, al siguiente inspiro profundamente, preparada para sumergirme.

365

Me desperté antes del amanecer. Las calles aún estaban mojadas cuando salí a la oscuridad de la madrugada.

Me marché del hotel poco antes de las cinco y justo acababa de dejar de llover.

Tan pronto como me despierto, mi estado de alerta se pone en funcionamiento. La atención se activa, la conciencia se satura, noto un zumbido en mi sistema nervioso. Sé que todavía no he llegado, no del todo. Nada parece diferente del día que ya conozco, pero no puedo dejar de ir en pos de cambios inopinados.

Si el tiempo pasara, sería diecisiete de noviembre, el día anterior al dieciocho. Mañana volverá a ser dieciocho de noviembre, puesto que ha transcurrido un año. ¿O no? ¿Habré contado bien? Repaso todas mis reflexiones. No, no se trata de un año bisiesto. He sacado mi bloc de notas del bolso para contar mis rayas y días, y llego al mismo resultado: es el último día de mi año, así que mañana será dieciocho de noviembre.

Estoy preparada. Voy en busca de signos que me indiquen que el día ha cambiado, pero únicamente hallo repeticiones, de modo que tendré que esperar a mañana. De todas formas, me mantengo alerta. Tensa y vigilante. Lista para saltar. Busco una variación a la que pueda agarrarme, una diferencia, un cambio. Es de noche. Me encuentro en la habitación número 16. Tal vez mañana me despierte y haya variado algo. Si me duermo.

366

Soñé que nadaba y cuando me desperté pensé que todo vendría rodado, por sí mismo. Podía fluir por mi día, sim-

171

plemente nadar. O flotar, se me ocurrió al ver la rebanada de pan flotante y su titubeo en el aire antes de caer.

Desayuné. Flotando. Nadando. Me levanté a por comida al bufé y volví a sentarme. Inspiré. Hundí los hombros. Había agua a mi alrededor, me sentía ligera y me deslicé sin esfuerzo. O era aire, en el que yo flotaba, para irrumpir en mi día quieta y tranquila igual que una liviana rebanada de pan.

Lo que vaya a suceder, pensé, lo sabré cuando suceda. Una vez que se haya cumplido el tiempo. Debía ir flotando, mantenerme a flote. Salí a mi día. El mismo día, no obstante, se me presentaba amable. Abierto y lleno de posibilidades, saturado de detalles, sucesos y movimientos que podían cambiar de dirección en cualquier instante.

Tenía un día por delante y yo lo acompañaba. Sin un plan, solo un bosquejo al que podía plegarme fluyendo en calma. Sin objetivos que alcanzar, no había que capturar ninguna presa. No me sentía un ave rapaz volando en círculos ni un buitre, un tiburón o un felino dispuesto a saltar. No estaba en guardia. Se trataba de otra cosa. Me encontraba de viaje. Camino de casa, pensé. Viajaba con un billete abierto, sin un itinerario. Viajaba entre los detalles de las calles, en un universo saturado de pequeños acontecimientos, un amasijo de objetos, sucesos y sensaciones, que se habían ido depositando unos tras otros en mi memoria.

Tantas cosas, tantos colores. Multitud de carteles, comercios, gente, infinidad de artículos en las tiendas, infinidad de picaportes en multitud de puertas, infinidad de zapatos que caminaban por las calles, multitud de abrigos, multitud de peinados, infinidad de botones en infinidad de abrigos, un sinnúmero de pespuntes en infinidad de zapatos, en infinidad de prendas, tantos adoquines en tantísimos bordillos, tal cantidad de pormenores, una vorágine de objetos y de pequeños detalles en dichos objetos, todos los datos que había reunido procedentes de las calles del dieciocho de noviembre, capa sobre capa, tantas que mi conciencia había tenido que comprimirlas, si bien yo transitaba entre todo ello con insólita ligereza, y me pareció sorprendente fluir con semejante facilidad a través de un mundo tan compacto.

En alguna parte de esa multitud de detalles tenía que haber una diferencia, pensé. Algo a lo que agarrarse. Si en verdad un nuevo dieciocho de noviembre descansaba bajo mi día, se filtraría por las hendiduras. Y yo vería diferencias, me aproximaría, me agarraría, subiría, me dejaría llevar por el flujo.

Di una vuelta por sitios conocidos. Lugares que había visitado durante mi primer dieciocho de noviembre y luego repetidamente, una vez tras otra. Me acerqué a los dos anticuarios en los que había adquirido *Histoire des Eaux Potables* y *The Heavenly Bodies*, aunque permanecí fuera, al otro lado del cristal. Pasé por delante del comercio de Philip. Marie se hallaba en el interior como de costumbre, la vi desde la calle y seguí mi camino. Me movía con la misma ligereza en un día que parecía igual; sin embargo, estaba preparada, el día se abriría y yo saldría por las mismas esclusas que me habían hecho entrar. Los mismos flujos. Corrientes marinas, corrientes de aire. Yo nadaba, flotaba. Aguardaba.

173

Hasta que, de pronto, oí que me llamaban. A voz en grito. Era mi nombre. Tara. Y una vez más. Más alto.

Me volví en dirección al sonido. Era a mí a quien llamaba: Philip. Di media vuelta mientras él venía directo hacia mí. Sonriente.

Se alegraba de verme. Ignoraba por completo que yo me encontrara en la ciudad. ¿Había venido Thomas conmigo? ¿Tenía tiempo de acompañarlo a la tienda? Iba hacia allí. En realidad debía atender un par de asuntos aún, pero podían esperar. Quería presentarme a alguien, dijo. Su novia. Marie. Hacía mucho que no hablábamos. ¿Cómo estaba Thomas? En breve, Marie y él pensaban ir a Clairon-sous-Bois. De hecho, lo habían estado comentando recientemente. Tenía que contarme muchas cosas, me decía mientras marchaba junto a él por la acera, confusa, pues no era esa una posibilidad que hubiera considerado. Entre mis escenarios no se contaba ninguno en el que me topara con Philip por el camino, yo no había investigado a qué dedicaba las primeras horas de la tarde antes de nuestro encuentro en la tienda, y no era algo que pensara hacer.

Me contó que venía directamente del banco, donde acababa de tener una reunión. Marie y él querían comprar la vivienda del tercer piso encima de la tienda. La propietaria del apartamento, una anciana, había fallecido hacía un par de meses, y los herederos deseaban venderlo. La vivienda no se hallaba en muy buenas condiciones, es decir, estaba llena de cosas. La propietaria las había ido coleccionando. Pero en un sentido fuera de lo normal. De forma extrema.

Llegamos a la tienda y, mientras bajábamos las escaleras, vi a Marie junto al mostrador, colocando algunas monedas en una bandeja para su exhibición.

Philip me presentó a Marie y dijo que ahora tenía dos buenas noticias para ella: mi visita y que el banco había dado su aprobación a la compra del inmueble. Hablamos acerca de todo un poco, de Thomas y de Clairon-sous-Bois; entretanto, Philip se marchó rápidamente a comprar una botella de vino. Mejor con burbujas, le dijo Marie, al tiempo que volvía a poner la bandeja con las monedas en una de las vitrinas de la estancia contigua, puesto que había algo que celebrar.

Una vez que Philip hubo regresado con una botella de champán, la metió en el frigorífico. Mientras él cerraba la puerta de la tienda y colgaba un cartel en el cristal, Marie y yo salimos por la trastienda a las escaleras traseras, en cuya penumbra no conseguíamos localizar el interruptor de la luz del pasillo, pero Philip ya venía pisándonos los talones, y le dio a Marie el abrigo que le había traído por si lo necesitaba. Entretanto yo había encontrado el interruptor y encendido la luz del pasillo, y ya subíamos por las escaleras hasta la puerta del tercer piso, una enorme puerta marrón que Philip abrió para nosotras con una llave que llevaba en el bolsillo. Se la habían prestado los herederos. Querían cerrar la venta lo antes posible y preferían que Philip y Marie adquirieran el apartamento tal y como estaba: visiblemente afectado por muchos años sin un adecuado mantenimiento y atestado de cosas que era preciso sacar antes de ponerse a acondicionarlo.

El apartamento estaba lleno de cajas y objetos acumulados por todos lados: pilas de periódicos, montañas de ropa y estanterías con libros y revistas. En la habitación más grande de la vivienda, que seguramente fue un salón alguna vez, los periódicos formaban altas torres sobre el suelo, no habiendo entre ellas más que un estrecho paso que serpenteaba entre los rimeros. Avanzamos por el sendero entre los montones hasta la siguiente estancia, donde había cajas a lo largo de las paredes y ropa, grandes cantidades de ropa, mientras al fondo del cuarto se veía una bandeja para gatos llena de arena. El gato ya no estaba, dijo Philip. Mejor dicho, los gatos. Puesto que habían sido dos.

Allí iban a vivir Philip y Marie. Había mucho que hacer, pero se pondrían a la tarea enseguida. De hecho, mañana mismo, dijo Philip. Tan pronto como hubieran firmado.

Los seguí por el largo sendero que se abría entre los montículos. Quería salir del dieciocho de noviembre y no podía hacer otra cosa que acompañarlos. Recuerdo una cierta confusión. Pensé que aquello era extraño, prácticamente como si hubiera hallado la diferencia que buscaba, la variación. Tal vez ya había sido desplazada a otro día, a un nuevo universo, y me dirigía al diecinueve. Con pilas de periódicos, con montañas de ropa y una bandeja para gatos al final de un camino serpenteante.

Regresamos hacia la entrada por el estrecho sendero a través de las estancias y vimos una habitación más pequeña, podría decirse que casi despejada, lugar en el que la moradora de la vivienda había dormido junto a sus gatos y sus pertenencias más importantes. Los herederos se habían llevado todo aquello que no hubiera que desechar. Confiaban en que los nuevos dueños harían el resto. Llevará su tiempo, dijo Marie, no es que fuera una tarea imposible, pero había mucho que hacer. La propietaria del apartamento residió allí durante toda su vida. Una vida entera comprimida en un piso. Una cápsula del tiempo, dijo Marie. No habían reformado la casa desde hacía mucho, la cocina tenía más de cien años, el baño era igual de antiguo y muy pequeño. No les faltaban ideas respecto al apartamento, pero primero de todo había que despejarlo.

Philip cerró la puerta al salir. Una oscura puerta extraordinariamente pesada con una enorme aldaba en medio, un ave de latón, según parecía, porque estaba ennegrecida por la pátina, y bajo ella figuraba un nombre, ilegible y borrado casi por completo, algo con G.

Tras haber cerrado la puerta, Philip probó la aldaba golpeando suavemente con el pico del ave, o lo que fuera aquello, y preguntó si había alguien en casa. Marie sonrió. Todavía no, dijo ella. Algo sí hay. Alguien no.

Una vez en la tienda, Marie abrió la botella y sacó unos vasos de cristal para agua, que llenó de champán hasta el borde, brindamos por su nueva casa y por mi visita, también por el amor, y, después de haber brindado, los llenó de nuevo y me preguntó por mi viaje. ¿Qué me había traído a la ciudad? ¿Desde cuándo estaba allí? ¿Y cuánto tiempo me quedaría? ¿Podía reunirme con ellos al final de la tarde quizá o al día siguiente? ¿Cuáles eran mis planes? Marie tenía que irse enseguida al centro por unos asuntos, pero no tardaría en regresar.

Yo dudaba. Mi día tomaba un rumbo inesperado. Al término de un año lleno de dieciochos de noviembre, había estado dando vueltas de aquí para allá, caminando por las calles mientras prestaba la máxima atención, en alerta constante, preparada para saltar a otro tiempo, y ahora me encontraba de pie junto al mostrador de la tienda de Philip, brindando y siendo interrogada acerca de mis planes para ese día.

Respondí que no tenía ningún plan, ya no, y de pronto les conté todo lo referente a mi día detenido y la visita que les hice. Relaté lo que había pasado: que estuvimos comiendo los tres frente al mostrador de la tienda hacía casi exactamente un año –o bien, la cantidad de días que deberían haber formado un año–, que Marie y yo trajimos la estufa polvorienta de la trastienda. En aquella ocasión no mencionaron el apartamento, pero hablamos de muchas otras cosas.

Por algún motivo había dado por supuesto que me creerían. No contaba con que fueran a dudar. Me refiero a ¿por qué iba a alguien a inventarse una historia como esa? Pero me equivoqué. Tal vez Philip no quería que nadie introdujera inquietud en su nueva vida con Marie. No necesitaban sucesos extraordinarios. Philip imaginaba ya su futuro junto a Marie, no deseaba días detenidos ni intranquilidad.

Fue en el momento en el que les referí mi accidente con la estufa cuando vi el malestar en su cara, pero también algo más que yo no esperaba. Oscilaban entre la confianza y la duda, una incertidumbre que no tenía que ver con el desasosiego ante la idea de ese defecto en el tiempo del que les había hablado, sino que seguramente se tratara de un incipiente escepticismo, una negación de los hechos, y tal vez estuvieran juzgando mi credibilidad.

Cuando le mostré a Philip la apenas perceptible cicatriz que quedaba de la quemadura y lo arrastré hasta la polvorienta estufa de la trastienda, fue como si él hubiera decidido que aquello no era cierto. Que yo tenía que marcharme. Que dudaba de mi historia.

Entonces le conté mi encuentro con Marie en la tienda durante mi segundo dieciocho de noviembre: que compré un sestercio, el mismo que había regresado al comercio y que ahora se hallaba en su correspondiente urna sobre el mostrador. En ese momento, la atmósfera se transformó, y en cuanto hube acabado de relatar la adquisición de la moneda, Philip alargó el brazo en busca de la urna, lanzó una rápida mirada a Marie, puso el sestercio dentro de una bolsa con caja y todo y me la dio. Como si, fingiendo que me creía, las cosas pudieran volver su lugar. O como si fuera a librarse de aquello si yo me llevaba el sestercio de la tienda.

Tomé la bolsa que me entregaba. Y fue como si de repente nos diésemos cuenta de cierta discordancia: estábamos allí de pie en la tienda bebiendo champán con el abrigo todavía puesto y sin que nadie hiciese el más mínimo ademán de ir a quitárselo ni de sentarse. Ninguno de nosotros sabía qué decir o hacer. No podíamos ofrecer explicaciones ni soluciones, y al momento siguiente me hallaba ya fuera, delante de la puerta, con mi bolsa en la mano.

Philip había murmurado algo de que teníamos que volver a vernos. Mañana, dijo. Pero que de todos modos me quedara el sestercio.

Ya en la calle me invadió una sensación de irrealidad. Por un instante tuve la certeza de que era otro día, el diecinueve, o una nueva versión del dieciocho, porque sentía como si algo hubiese cambiado, así que empecé a caminar por la rue Almageste con una vaga esperanza de variación. Sin embargo, a cada paso que daba, me convencía más y más de que se trataba exactamente del mismo día que siempre.

Me puse a especular acerca de por qué razón Philip no me habría comentado nada respecto a la compra del apartamento la primera vez que estuvimos charlando. No se me ocurría ninguna explicación y preferí creer que se debía a que ahora me encontraba en una versión completamente nueva del dieciocho de noviembre, aunque ya pesaba en mí el convencimiento de que todo parecía igual que las demás veces. El tiempo atmosférico era como el de los otros dieciocho de noviembre, y vi que, un poco más adelante en esa misma calle, una mujer dejaba un perro negro parduzco frente a un comercio y que unos minutos más tarde –durante los cuales estuve fingiendo interés por lo expuesto en el escaparate de la tienda de al lado– salía con una bolsa turquesa en la mano para, a continuación, desatar la correa del perro y llevárselo de nuevo consigo.

Empezaba a oscurecer levemente, y poco después las farolas se fueron encendiendo como de costumbre. Yo ca-

180

minaba con mi bolso al hombro y la bolsa que contenía el sestercio en la mano, sin que nada hubiese sucedido. Todo parecía igual, aunque tenía la impresión de que había menos particularidades. Solo veía calles, tiendas, cafés y gente. Daba pasos comunes en calles comunes. No flotaba a través de un universo condensado ni nadaba en un mar de detalles precisos, e ignoraba adónde me dirigía.

Había desperdiciado la oportunidad de visitar a Philip y Marie. Ya no tenía posibilidad de regresar a la tienda. Tampoco se trababa de un plan fallido, porque no existía ningún plan, pero era inviable rehacer la noche. No podía sentarme junto al mostrador a charlar acerca del enorme interés por las obras ilustradas del siglo XVIII, de la subasta y de mis últimos hallazgos. Resultaba ya imposible hablar del amor o del manzano del jardín, los puerros y las acelgas. Tampoco sería posible comentar el día a día en la rue Almageste ni las tormentas políticas del otoño, el hambre de historia o la creciente demanda de monedas romanas. Demasiado tarde para eso. Mi noche permanecía abierta, cualquier cosa podía suceder, pensé; sin embargo, no ocurría nada. Parecía que mi universo atestado tuviera agujeros por los cuales se hubieran colado los numerosos detalles y solo quedara el contorno de mi mundo. Hechos simples. Objetos comunes.

Pasé el resto de la tarde en un café que ya había visitado en un par de ocasiones. No vi muchos clientes y me senté a una mesa junto a la ventana, en principio con una taza de café frente a mí y el sestercio dentro de su bolsa sobre la mesa. Más tarde, cuando las mesas empezaron a llenarse de comensales y me di cuenta de que yo sola ocupaba una de cuatro, me trasladé a otra más pequeña en la parte trasera del local. Bebí un solo vaso de vino y durante un rato estuve hojeando un periódico, pero ya lo había visto anteriormente, se hallaba repleto de sucesos de sobra conocidos por mí. Además, en ese momento, también la parte de atrás del local comenzaba a llenarse de gente y de platos, vasos y cubiertos, así que finalmente salí a la calle, estuve vagando por la zona un rato y después di media vuelta para emprender el regreso a mi hotel.

Fuera, el frescor del aire aligeró mi respiración y caminé con paso tranquilo a través de la oscuridad de la noche. La bolsa con el sestercio crujía un poco y mis pasos resonaban en la acera, pero aparte de eso solo oía el tráfico de la ciudad en torno a mí, un telón de fondo de ruido. Parecía que hubiera un vacío, pero eso vacío me proprcionaba cierto alivio, una noche ya familiar, un esbozo sin tanto detalle. Sentía una especie de liberación ante aquella escasez de particularidades, ante la carencia de suposiciones y escenarios, la falta de atención y de condensación.

De regreso en el hotel, dejé la bolsa con el sestercio sobre la mesa de la habitación. Cuando poco después me hube desvestido y sentado en la cama, puse el sestercio a mi lado con la bolsa, sin desenvolverlo.

Sentada en la cama frente a mis papeles, siento como si mi dieciocho de noviembre tuviese agujeros. Como si hubiera una salida, pero ya no la que había imaginado. Ignoro lo que sucede. No hay nada que hacer excepto esperar a ver lo que depara la noche.

El dieciocho de noviembre va a llegar a su fin. Ha pasado un año y estoy preparada para hacerle sitio al diecinueve. Dejo que el día permanezca abierto. Acompaño al día. Fluyo con él a donde quiera que se dirija. Permito que la corriente me lleve. Ahora nado. Me sumerjo.